Geronimo Stilton

星际太空鼠

亲爱的新船员,
欢迎加入太空鼠的大家庭!

这是一个在无尽宇宙中穿梭冒险的科幻故事!

亲爱的新船员：

　　我告诉过你们我是一个科幻小说的狂热爱好者吗？
　　我一直想写一些发生在另一个宇宙的冒险故事……
　　可是，所谓的**平行宇宙**真的存在吗？
　　就这个问题，我咨询了老鼠岛上最著名的伏特教授，你们知道他是怎么回答我的吗？
　　他说，根据一些科学家的研究发现，我们所处的宇宙并非唯一，世上**还存在着许多不同的宇宙空间，其中有些甚至跟我们的宇宙很相似呢**！在这些神秘的宇宙空间，或许会发生许多超出我们想象的事情。
　　啊，这个发现真让鼠兴奋！这也启发了我，我多希望能够写一些关于**我和我的家鼠在宇宙中探索新世界**的科幻故事啊！而且，我想到一个非常炫酷的名字——《星际太空鼠》！
　　在银河中遨游的我们，一定会让其他鼠肃然起敬！

伏特教授

船员档案

杰罗尼摩·斯蒂顿
（杰尼）

赖皮·斯蒂顿
（小赖）

菲·斯蒂顿

机械人提克斯

本杰明·斯蒂顿和
潘朵拉

马克斯·坦克鼠爷爷

银河之最号

太空鼠的宇宙飞船,太空鼠的家,同时也是太空鼠的避风港!

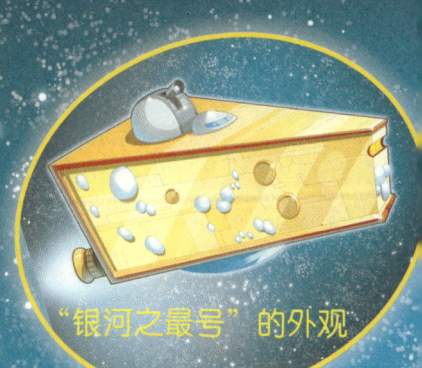

"银河之最号"的外观

1. 控制室
2. 巨型望远镜
3. 温室花园,里面种着各种植物
4. 图书馆和阅读室
5. 月光动感游乐场
6. 咔嗞大厨的餐厅和酒吧
7. 餐厅厨房
8. 喷气电梯,穿梭于宇宙飞船内各个楼层的移动平台
9. 计算机室
10. 太空舱装备室
11. 太空剧院
12. 星际晶石动力引擎
13. 网球场和游泳池
14. 多功能健身室
15. 探索小艇
16. 储存舱
17. 自然环境生态园

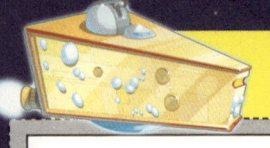

"银河之最号"家庭成员登船表

请画出家鼠的头像

"银河之最号"公约：

飞船上新朋友众多，请牢记微笑是全宇宙共通的语言！

☐ 同意并遵守

签名：_____

姓　　名_____

出生星球_____

性　　别　男鼠☐ 女鼠☐（请打√）

年　　龄_____

是否需要留宿　是☐ 否☐（请打√）

是否有用餐需求　是☐ 否☐（请打√）

（如是，请点餐：_____）

想去哪儿玩（请打√）

☐ 月光动感游乐场　　☐ 网球场和游泳池

☐ 太空剧院　　　　　☐ 图书馆

　　填写后请仔细检查，"银河之最号"将根据此信息筹备迎接工作。

"银河之最号" 船员守则

1. 保持勇气！
2. 信任和团结你的太空鼠伙伴！
3. 聆听坦克鼠爷爷等老太空鼠的忠告！
4. 保护好本杰明这帮小太空鼠！
5. 珍爱并保护一切外星生命！
6. 智慧永远比暴力管用！
7. 时刻保持镇定和冷静！

图书在版编目（CIP）数据

极地星拯救任务 /（意）杰罗尼摩·斯蒂顿著；顾志翱译. -- 成都：四川少年儿童出版社，2019.6（2021.7重印）
（星际太空鼠）
ISBN 978-7-5365-9503-3

Ⅰ. ①极… Ⅱ. ①杰… ②顾… Ⅲ. ①儿童小说－中篇小说－意大利－现代 Ⅳ. ①I546.84

中国版本图书馆CIP数据核字(2019)第105728号
四川省版权局著作权合同登记号：图进字21-2019-066

出版人：常青
总策划：高海潮
著　者：【意】杰罗尼摩·斯蒂顿
译　者：顾志翱
责任编辑：程骥
封面设计：汪丽华
美术编辑：刘婉婷　徐小如
责任印制：王春　袁学团

书　名：	JIDIXING ZHENGJIU RENWU 极地星拯救任务
出　版：	四川少年儿童出版社
地　址：	成都市槐树街2号
网　址：	http://www.sccph.com.cn
网　店：	http://scsnetcbs.tmall.com
经　销：	新华书店
印　刷：	成都兴怡包装装潢有限公司
成品尺寸：	195mm×145mm
开　本：	32
印　张：	4.25
字　数：	85千
版　次：	2019年8月第1版
印　次：	2021年7月第4次印刷
书　号：	ISBN 978-7-5365-9503-3
定　价：	25.00元

若发现印装质量问题，请及时与发行部联系调换。
地　址：成都市槐树街2号四川出版大厦六层四川少年儿童出版社发行部
邮　编：610031　　咨询电话：028-86259237　86259232

Geronimo Stilton names, characters and related indicia are copyright, trademark and exclusive license of Atlantyca S.p.A. All Rights Reserved. The moral right of the author has been asserted.
Text by Geronimo Stilton
Original cover by Flavio Ferron adopted by Sichuan Children's Publishing House Co.,Ltd
Art Director : Iacopo Bruno
Graphic Project: Giovanna Ferraris / theWorldofDOT
Illustrations by Giuseppe Facciotto, Daniele Verzini
Artistic Coordination: Flavio Ferron
Artistic Assistance: Tommaso Valsecchi
Graphics : Chiara Cebraro
©2013, 2016 by Edizioni Piemme S.p.A.
©2018 Mondadori Libri S.p.A. for PIEMME, Italia
©2019 for this work in Simplified Chinese language, Sichuan Children's Publishing House Co.,Ltd.F6,Sichuan Publishing Buliding,No.2 Huaishu street, Qingyang District, Chengdu, China
International Rights ©Atlantyca S.p.A.,via Leopardi 8-20123 Milano-Italia-foreignrights@atlantyca.it-www.atlantyca.com
Based on an original idea by Elisabetta Dami
Original title: L'inuasione dei dispettosi Ponf Ponf
www.geronimostilton.com
Stilton is the name of a famous English cheese. It is a registered trademark of the Stilton Cheese Makers' Association. For more information go to www.stiltoncheese.com.
No part of this book may be stored, reproduced or transmitted in any form or by any means, electronic or mechanical, including photocopying, recording, or by any information storage and retrieval system,without written permission from the copyright holder. For information address Atlantyca S.p.A.

Geronimo Stilton

星际太空鼠

极地星拯救任务

【意】杰罗尼摩·斯蒂顿 ◎ 著
顾志翱 ◎ 译

四川少年儿童出版社

目录

船长很忙	14
别来烦我！	17
船长先生，你得马上前来！	24
没办法，我就是一个运动白痴！	31
啫喱叔叔，你真是太棒了！	35
黄色警报！	43
驶向极地星	46
一位真正的船长！	55
迷失在超空间中	63

冰封的行星——极地星	67
这里，不对，那里！	72
彩虹洞	81
淘气嘭嘭	87
拜托，就让我们把它们带回家吧！	96
天哪，我的宇宙奶酪啊！	102
女　王	108
倒计时……	116
来自彩虹星的问候	121

如果我们能够穿越时空……

如果在银河的最深处有这样一艘宇宙飞船，上面住的全部都是太空鼠……

如果这艘宇宙飞船的船长是一个富有冒险精神又有些憨憨的太空鼠……

那么，他的名字一定叫作杰罗尼摩·斯蒂顿！

我们现在要讲述的就是他的冒险故事……

你们准备好了吗？

快来跟着杰罗尼摩一起去星际旅行，穿梭神秘浩瀚的宇宙吧！

船长很忙

一切都是从一个**宁静**的周五下午开始。这个星期快结束了，我已经迫不及待地想要离开**控制室**回到我的房间了。我真是累坏了！为什么？原因很简单！因为这个星期很难熬啊，我很**忙碌！十分忙碌！！**而且**非常忙碌又很糟糕！！！**

在这个星期里，我拯救了两艘坏掉的宇宙飞船，带领船员们抵挡了一波**外星狼人**的攻击，经历了一次星系流感，测试和调校了一套崭新的星系探险服，并且参加了飞船上星际艺术博物馆

船长很忙

的开馆典礼……总之，我真是忙个不停呢！

为什么，为什么，为什么每个鼠都指望着我做到尽善尽美呢？

难道就因为我是船长？

哦，对了，不好意思，我还没有自我介绍呢！我叫**杰罗尼摩·斯蒂顿**，大家都叫我杰尼！我是"银河之最号"的船长，而"银河之最号"是太空鼠的家，一艘全宇宙最特别的**宇宙飞船**。不过，说实话，我的梦想其实是成为一位**作家**！一直以来，我都想写一本名为《星际太空鼠》的宇宙冒险故事书，却总未能抽时间动笔，因为在我身边总有各种各样的**问题**需要解决。

总之，话说回来，很快就是周末了！那是我休假的日子，我已经计划了一连串**非常重要的活动**！

船长很忙

事实上，周末我打算做的事情包括：

1 呼呼大睡，一觉到天明。早上晚些起床，轻松一下，然后在床上享用我的早餐——天王星**奶酪**牛角包。

2 穿上我那件舒适的**休闲服**。

3 到船上的理发店，找船上最**时尚**的发型师——外号"太空魔幻剪刀手"的艾美林多，请他帮我修剪一下胡子……

别来烦我!

在周五的黄昏,我刚回到房间,就马上在房门外挂上一个牌子,上面写着:请勿打扰。船长先生正在为你们工作!

当然,我不是真的要专注工作,而是准备呼呼大睡! 众所周知,只有充足的睡眠才能令鼠精神抖擞地应付工作! 于是,我穿上睡衣,播放起《忙碌鼠轻松音乐精选》,接着钻进了被窝。

噢，要好好轻松一下！

一觉睡到天亮，正当我打算继续赖在床上的时候，突然……

哔！哔哔！哔哔哔！

别来烦我!

我的腕式电话**响了起来**!

我睡眼惺忪,想要**挂断**电话,但我的手爪却没有按在挂断键上,而是按到了**接通**键!我怎么会犯这样的错误!

电话的另一端,一个声音吼道:"**杰尼**!!!你打算就这样浪费掉一整天吗?!我敢打赌你现在就像一头冥王星野猪一样正在呼呼大睡!我得好好管教管教你!"

这个声音哪怕是在**一千公里**,不,**一万公里**,不,**一千万公里**之外我都能听得出来,他就是我的爷爷、绰号"坦克鼠"的马克斯·坦克鼠。

杰尼!!!

别来烦我!

我还没来得及问"现在几点了",坦克鼠爷爷便开始滔滔不绝地命令起来:"小笨蛋,赶紧把衣服穿好,星际时间两秒之后我就来接你!他们在太空网球场等我们!"

我看了看手表,现在是星际时间凌晨四点!

我试着抗议说:"可是爷爷,现在还很早啊!这个时间我们去网球场干什么呢?"

他回答说:"你这个笨蛋!你不知道今天是星际杯网球赛的决赛吗?"

我再次重申:"呃……不知道,而且我也不是一个体育迷,我宁愿在家看看书和写写小说!"

透过腕式电话的屏幕,爷爷面带不满地看着我说:"这样的话,你一定也不知道你的坦

别来烦我!

克鼠爷爷我也会参加这场**决赛**了!但是,我遇到一个问题:我的队友昨天不小心踩在一块**维嘉星香蕉皮**上摔倒了,他扭伤了脚踝!这也是为什么我过来接你的原因:你将会顶替他上场!"

我感到一阵**寒意**传遍了全身。要我和坦克鼠爷爷一起打太空网球,那一定会是……**一场噩梦**啊!

爷爷的太空网球打得非常好,球风老辣,而且他很好胜,不喜欢输球!

我尝试着婉拒:"爷爷,您也知道,我打网球**很差劲的**……"

他回答说:"这我当然知道!所以我现在就

别来烦我！

过来接你。**阿斯特**已经在球场等着我们了，他可是史上最棒的教练，在接下来的这**五个星际小时**里，他会给你不间断地进行特训，教你怎样打球，这样的话，你就能够在十点比赛正式开始的时候准备好了！"

我差点儿哭出来！

五小时不间断地特训啊！

然后，再跟爷爷组队参加太空网球的决赛！光是想想我就觉得**累坏**了！

我有些沮丧地说："可是，爷爷，我现在……正在**休假中**啊！"

可惜，要让爷爷改变主意就和让一颗**陨石**改变它的轨道一样困难。

事实上，爷爷似乎根本没有听我在说什么，

别来烦我!

他说:"相信我,小孙子!你一定会喜欢上太空网球的!没有比太空网球**更棒**的运动了!你应该感谢我,因为我给你提供了一个**绝无仅有的机会**!"

接着,电话在下一秒就挂断了。

我无奈地打开全自动衣柜,命令道:

"**太空网球**的套装!"

星际百科全书

太空网球

大家都知道,太空网球只需要一只**球拍**和一个球就可以玩了。但是,球的飞行轨迹并非是一条直线,而是需要双方球员自行判断。这项运动最具挑战之处就在于球员能否准确地找到**球在哪儿**。

船长先生,你得马上前来!

在一*星际分钟*之后,我已经穿戴整齐。正准备出门的时候,我的腕式电话突然响了起来。

哔!哔哔!哔哔哔!

是"银河之星号"上的科学家费鲁教授。
他怎么会在凌晨四点给我打电话呢?
难道是因为臭味怪?
或者是爆发了火星麻疹的疫情?
还是植物温室出了什么问题?

我问道:"发生什么事了,费鲁教授?有什么紧急状况吗?"

此刻,我心里其实更期待能够出现什么紧急状况。这样的话,我就有一个完美的借口,可以不用与爷爷一起参加网球比赛了!

教授却回答说:"没有什么紧急状况,船长先生!只是我有一个全新的超级发明,希望你能够看一下!请你务必尽快过来!"

我自言自语地说:"怎么办?这样一来我就

船长先生，你得马上前来！

不得不放弃太空网球比赛了！"

正在此时，**坦克鼠爷爷**推开了房门，说道："我的耳朵听见了什么？放弃比赛？**你想都别想！** 我的胆小鬼孙子呀，你还没准备好吗？快，别再打电话了！要不是我的话，你又要浪费一整天的时间了！要么在思考探索宇宙的奥秘，或是**把你的尾巴梳理成彗星的样子**，要么在那里发呆**数黄须果蝇的脚**，又或者是给**你的外星朋友们发上千条短信！**"

我很想告诉他，其实我早就有了周末计划……

船长先生，你得马上前来！

就是好好放松一下，写写自己的小说，还有就是我根本不喜欢打网球，而且还是一个运动白痴！

但是，不管怎么说，我的爷爷总归是我的爷爷！他那么看重这次比赛，我也不能扫他的兴！

于是，我决定妥协："我准备好了，爷爷！随时可以出发。"

而对费鲁教授，我只能说："我晚些再过去看您的发明！"

正当我准备出门的时候，腕式电话再次响了起来……

哔！哔哔！哔哔哔！

爷爷瞪了我一眼，说："从现在开始，你需要把你所有的精力全部集中到网球比赛上，赶紧

船长先生，你得马上前来！

把这**玩意儿**关了，快！"

"可是爷爷，是本杰明！"我强调说。

爷爷的语气一下子软了起来："好吧，听听他说些什么，**但是要快些！**"

我接通了电话："你好，本杰明，**我的宇宙奶酪啊**，你怎么啦？"

他回答说："还不错，叔叔，谢谢！不好意思，一大清早这个时间打电话给你，不过，我知道通常你都很早起床！我想问你一下，你今天**有空**吗？"

你今天有空吗？

我回答说："嗯，今天我本来是没什么事情要忙的。但是，今天上午我得和爷爷去参加一场太空网球**比赛！**中午时，我得去一趟费鲁教授的**工作室**……然后，我想去理发店修一下我的胡子。另外，我今天还

船长先生，你得马上前来！

打算完成我 新书 的一个章节。"

本杰明叹了口气："那就算了吧，叔叔，下次还有机会……"

他的语气是那么的失望和沮丧！

我有些担心地问道："发生了什么事？我可爱的小侄子？"

他回答说："没事，没事，没关系的！"

我继续追问道："那你为什么那么沮丧？你对于小行星的研究需要我的帮忙吗？你想要我重新为你解读一下双鱼座的主题论文吗？还是你在翻译人马语的时候遇到了困难？"

他回答说："不是的，和学校的作业没关系。我和潘朵拉想让你陪我们去参加新的

船长先生,你得马上前来!

月光动感游乐场的落成典礼,不过如果你有事的话就没办法了……"

虽然本杰明一再强调没关系,但我还是能够听出他语气中的不甘心,而且是非常不甘心!而大家都知道,我的心肠非常软!

于是,我答应他在下午的时候陪他们一起去游乐场玩。

一想到今天原本应该是我的假日,却有这么多事情在等着我,我的心里就有种说不出的滋味,真是百感交集!

没办法，我就是一个运动白痴！

对我来说，参加阿斯特的特训简直就是……一场**星际灾难**！

为什么？原因很简单！

因为整整**五个**星际小时（请注意是五个星际小时！）里，可怜的阿斯特一直在尝试着教会我星际网球最基本的规则。

但是，没用！全都没有用！他没有任

办法子能教会我！完全束手无策！！

我以前就是，现在还是，将来也会是……一个运动白痴！

在特训的最后阶段，阿斯特走近爷爷，沮丧地摇着头说："坦克鼠先生，您之前说得没错，您的孙子是个'特例'！"

我现在心情很糟糕，不仅仅是因为我让爷爷失望了，更是因为在这五个星际小时（没错，是连续五个星际小时！）的训练之后，网球比赛马上就要正式开始了！

比赛至少会持续三个小时，甚至有可能是五个小时！（我说的是五个小时！）

也许你们已经猜到了，比赛的结果很糟糕。我连一球都打不好：我把直线球都失控地打

我把直线球都失控地
打成了弧线球……
噗！
哼！
我把反手击球的方向
都弄反了……
啊？
而我根本连发球……
都没法好好地发出去！
噢……
真是太糟糕了！

没办法，我就是一个运动白痴！

成了弧线球！我把反手击球的方向都弄反了！至于我的**发球**，我根本连发球……都没法好好地发出去！

让爷爷在他那些**网球俱乐部**的朋友面前丢脸，这使我感到非常过意不去，所以在我们输掉比赛之后，我独自返回更衣室，然后悄悄地走了。

我连网球袜和网球鞋都没有换，便跳上了一辆**太空的士**，对司机说："请到费鲁教授的实验室，*快快快！*"

啫喱叔叔，你真是太棒了！

很快，太空的士就到达了我们船上的科学家费鲁教授的实验室，教授十分兴奋地准备向我展示他的新发明。

他将我带到一台奇怪的设备前，这台设备外形看上去有点儿像是一个行李箱，还附着两个踏板。

教授宣布说："船长先生，这就是我的最新发明！它是一台可拆卸的星际发电机，重量很轻，方便携带，依靠……肌肉力量来运作——您只需不停地踩脚踏板就行！"

啫喱叔叔，你真是太棒了！

说完，教授就骑上发电机蹬起了脚踏板，同一时间，天花板上悬挂着的一些彩灯也开始**闪闪发亮**起来。费鲁教授继续介绍："这台设备最适合那些喜欢去未知行星**冒险**的太空鼠！它适用于那些需要辅助电源来驱动笔记本电脑的情况，当然，它还可以**点亮**霓虹彩灯，或者……"

这时，一阵电话铃声打断了费鲁教授的话。

哔！哔哔！哔哔哔！

我看了看腕式电话。

我的宇宙奶酪呀！ 是本杰明和潘朵拉！

他们已经在月光动感游乐场等着我了！

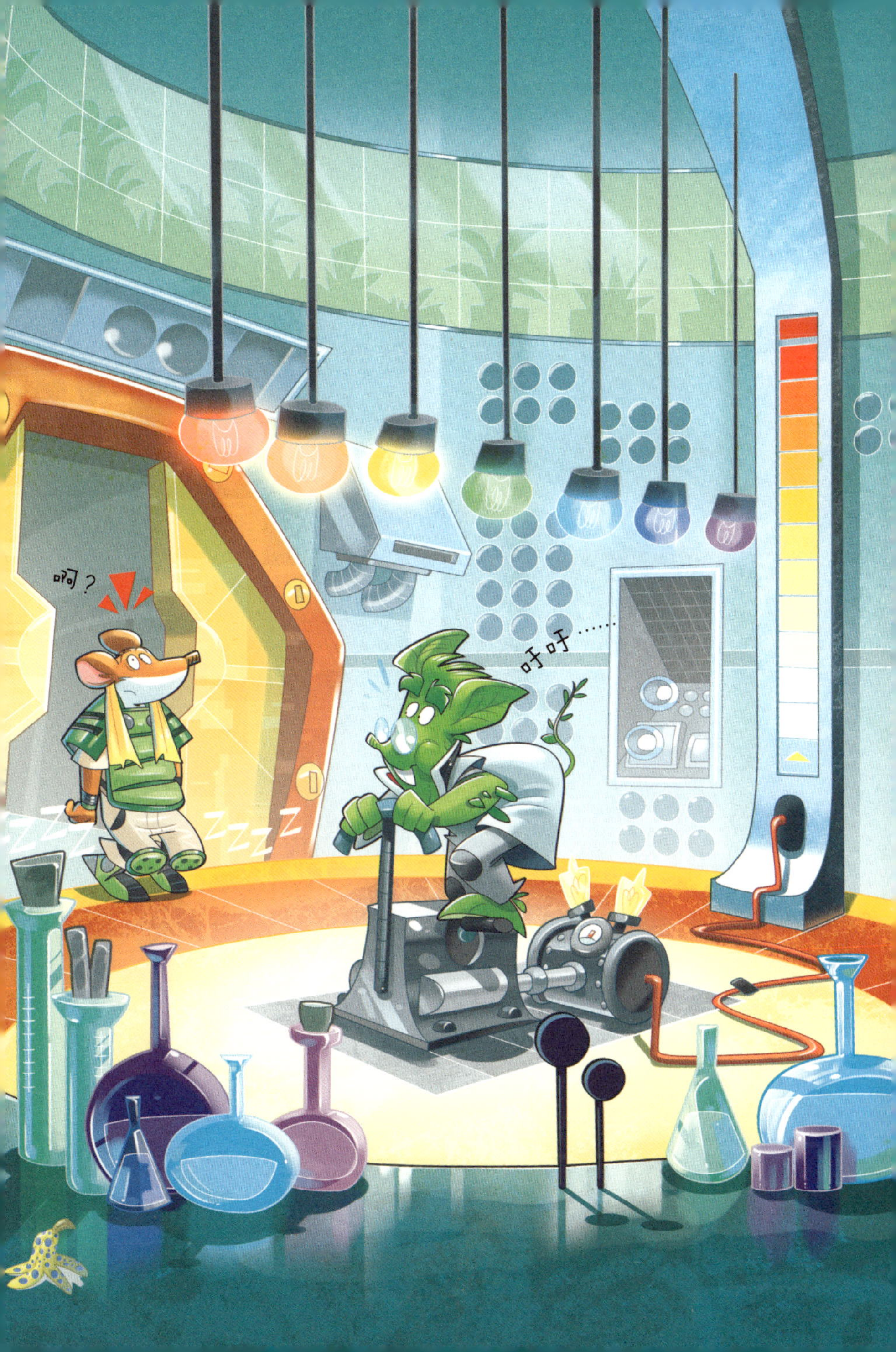
啊？
呼呼……

啫喱叔叔，你真是太棒了！

我匆匆和费鲁教授打了个招呼，便又跳上一辆**太空的士**。

当我到达游乐园时，本杰明兴奋地冲上来和我紧紧拥抱！

"谢谢你来陪我们玩，**啫喱*叔叔**！"本杰明兴奋地说。

潘朵拉也跪了过来："太谢谢你了，**叔叔，你是最好的！**"

他俩的热情让我非常感动，但很快，另一件事却让我不禁**落泪**，不是因为感动，而是因为"星际龙卷风"！

*啫喱：杰罗尼摩的简短昵称。

啫喱叔叔，你真是太棒了！

"星际龙卷风"是月光动感游乐场里最让游客尖叫的游乐设施。这是一辆水上过山车，高低起伏、又长又陡峭的斜坡令鼠感到不寒而栗，光是看着它就已经让我的胡子禁不住抽动了几下！除此之外，在过山车的整条轨道上有上百处小瀑布分布，沿途溅起的水花会不时浇到游客身上！因此，在售票的时候，游客都会免费获赠一件黄色雨衣！本杰明和潘朵拉都玩得很尽兴，偏偏当我们在过山车最高点（而且从头湿到脚）的时候……

哔！哔哔！哔哔哔！

这一刻，我的腕式电话再次响起！

这次可是真正的紧急情况了！

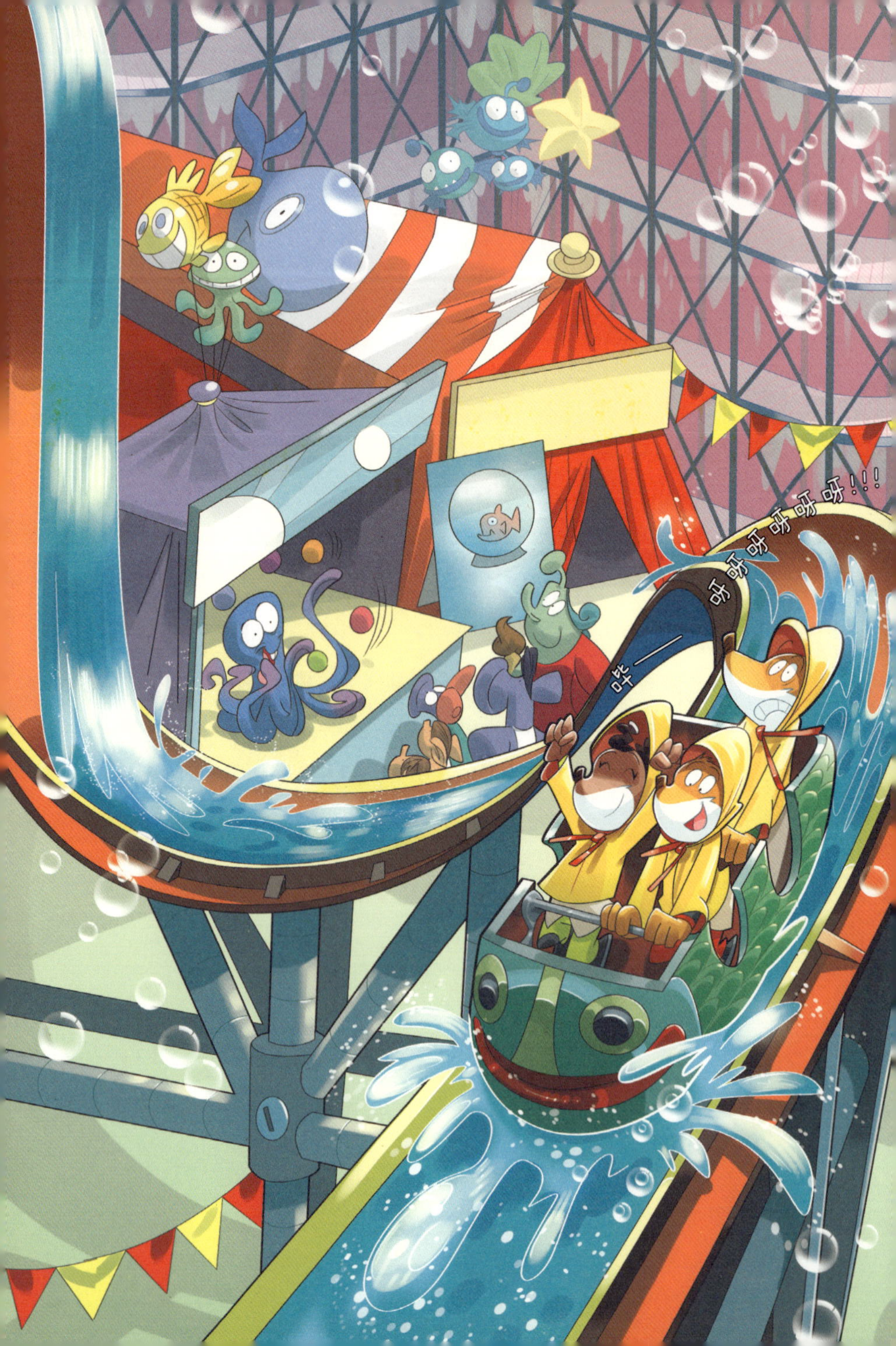

哇——
呀呀呀呀呀呀!!!

星际百科全书

月光动感游乐场

月光动感游乐场位于"银河之最号"的尾部,是一个让不同年纪的太空鼠乐而忘返的地方。游乐场里包含了各种各样的娱乐设施:**太空摩天轮、失重旋转木马、卫星射击**(胜者能够得到一条月亮鱼作为奖品)……其中最著名的就是水上过山车"**星际龙卷风**"了,一座座忽高忽低的斜坡,让鼠们不寒而栗……这辆雄伟的过山车时刻期待着勇敢的太空鼠前来挑战!

啫喱叔叔，你真是太棒了！

我的妹妹菲在电话的另一头喊道："**黄色警报！** 快，杰尼！立刻到控制室来！**用最快的速度！**"

她并没有给我更多解释就挂断了电话。

可怜的我……还打算好好休息一天呢！

黄色警报!

黄色警报是什么意思呢?它表示有紧急情况!出现危险!以及面临灾难!

不管怎样,如果出现这种情况的话,无论船长是否在休假都必须立即前往控制室。于是,我在同一天里第三次拦下太空的士。

但是这次,司机却拒绝让我上车!

为什么?很简单:因为我们身上还穿着黄色雨衣,而且我们从胡子到尾巴全部都湿透了!

司机看着我抱怨说:"你们浑身都湿透了,会弄湿座位的!"

黄色警报！

我尽力向他解释现在的紧急状况，但他似乎并不想听我的。最后，我只能说："司机先生，我是斯蒂顿船长！现在我们的宇宙飞船上发出了黄色警报！请立即将我送到通往控制室的噢气电梯那里！"

他将信将疑地打量着我，然后说："斯蒂顿船长，是您？不好意思，您穿着黄色雨衣而且浑身湿透，我没能认出您来！不用担心，让我载您一程吧！"

说完，他抓紧了太空的士的控制杆，很快就把我们带到了附近最近的噢气电梯站。

当控制室门一打开，所有鼠都转身看着我们。

我的表弟小赖*正吃惊地盯着我们看。

*小赖：赖皮的昵称。

黄色警报!

我的妹妹菲一言不发地看着我,坦克鼠爷爷**失望地**摇着头。

我们的机械工程师,同时也是船上最有魅力的女性——茉莉则露出一种……嗯……瞠目结舌的表情!此刻,我十分狼狈,真是太丢脸了!

您好,嗯……船长先生……

嗯……我是说……您好……

驶向极地星

在 前往 控制室之前,我居然没想到要先去换一身衣服!要是能够穿着我那件漂亮的船长 制服 该多好呀!而现在我浑身湿透,就像是一把刚被大雨淋过的伞一样,不停地滴着水!

爷爷冲着我喊道:"杰尼,你到底在搞什么鬼?怎么这个样子来到控制室?"

我 小声 解释道:"爷爷,十分抱歉,今天我先上网球课,然后是正式比赛,接着去了实验室……最后还坐了可怕的 水上过山车!"

爷爷斥责我说:"别找借口了!身为船

驶向极地星

长，应该要时刻准备好应对任何突发情况，包括应对**黄色警报**事件！"

这时我才想起来我*急着赶来*这里的原因："发生什么事了？**宇宙飞船**要爆炸了吗？有陨石正飞向我们吗？还是我们船上的……奶酪吃完了？"

坦克鼠爷爷叹了口气说："笨蛋孙子，什么奶酪不奶酪的！我们正在和叶绿星的星际科研所所长——费尔·塔利斯通话呢！你该不会是想要引发什么外交纠纷吧！"

身为船长应该要时刻准备好应对任何突发情况！

驶向极地星

赛尔·塔利斯

我抬高视线，看到在巨大的等离子屏幕中显示出一位又高又瘦的老鼠，穿着一件白色的衬衫。他也和费鲁教授一样长得像一株植物，只不过看上去比教授年纪还要大一点儿。

我自我介绍说："尊敬的塔利斯博士！我叫斯蒂顿，是'银河之最号'的船长！"

教授先生点了点头，头上的树叶颤动了几下，然后用礼貌的口吻回答说："斯蒂顿船长，很高兴能够认识您。我在很多个星系都听到过关于您的传闻！"

驶向极地星

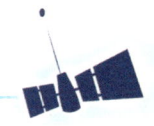

他吸了一口气，然后继续说："这次我**联系**你们，是因为我的一位朋友兼同事奥托·彭塞博士在极地星进行一项科学研究的途中失踪了，同时失踪的还有两名他的助手。我们已经有好几天联系不上他们了！我们不知道应该怎么办才好！

他们失踪了……

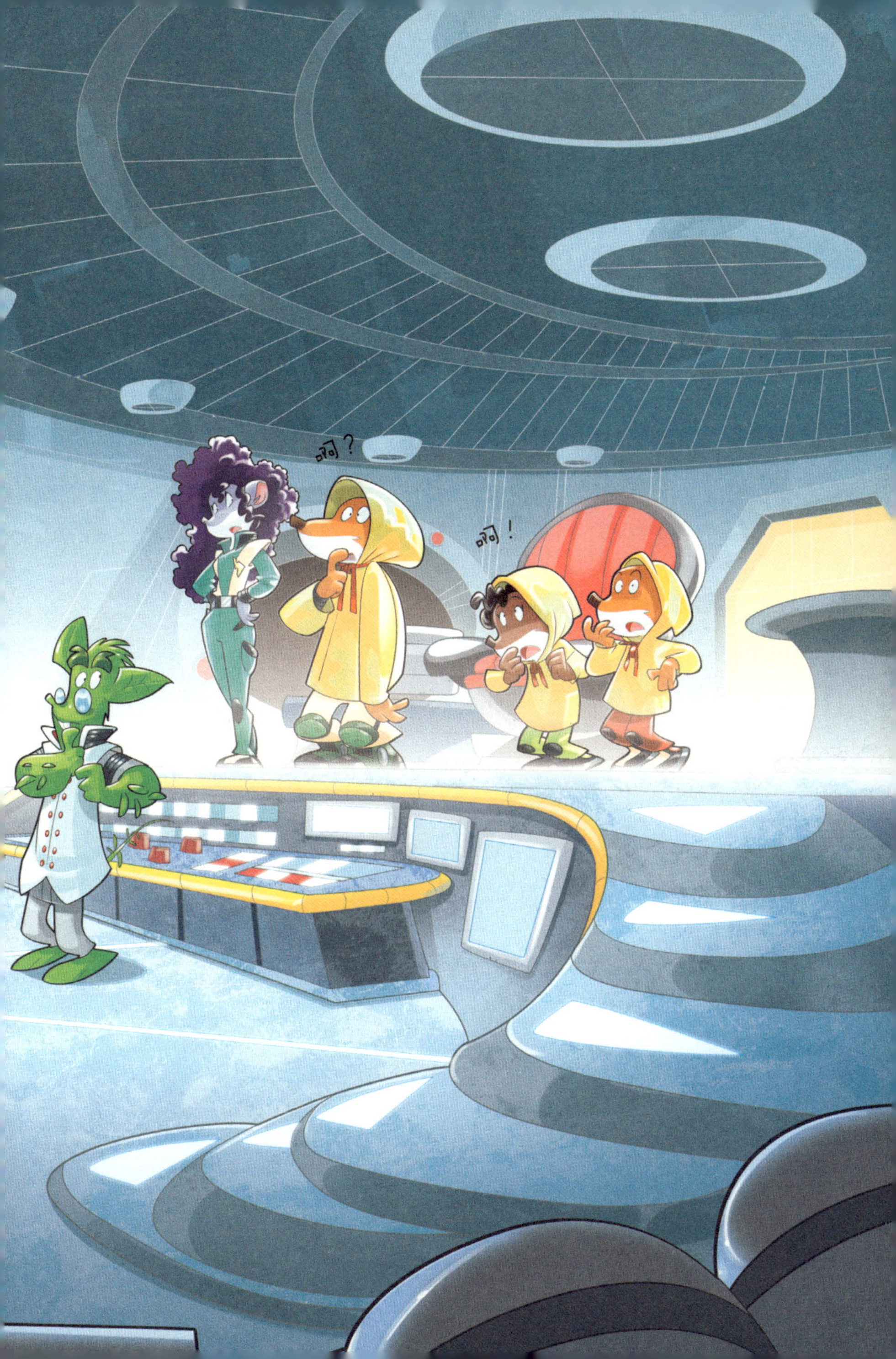
啊？
啊！

驶向极地星

"我们**叶绿星**鼠主要都是学者,不像你们那么机灵!"

我毫不犹豫地回答道:"**请不要担心!**为了太空鼠之间的友谊,我们会帮助你们的!"

赛尔教授终于松了一口气,头上的树叶也放松地耷拉了下来!

"我实在不知道应该怎样感谢你们!斯蒂顿船长,虽然您的服装……"

呀——

我的脸涨得通红,教授先生继续说:"虽然您的**服装**有点儿随便,但不得不说您是一位非常**果断**的太空鼠!"

驶向极地星

我也不禁松了一口气：吁——总算是避免了一场外交危机！

于是，赛尔教授将整个消失队伍的信息全部都告诉了我们，包括彭塞先生和他的助手们失踪的时间以及当时所处的位置。

在通话结束之后，我对船员下达了命令："太空鼠们，出发！目标极地星！开启星际光速模式！"

然后，我转向小赖说："表弟，盯着星际罗盘，保持航线目的地为极地星！"

最后，我补充了一句："菲，你来驾驶'银河之最号'！我去……嗯……换一件衣服！"说完我便立刻前往自己的房间。

我的新书仍然静静地躺在书桌上。

而我却不得不**再一次**延后写作的进度……我们太空鼠即将前往极地星完成一个十分艰巨的**任务**！

可今天本应该是我的休息日！

为什么我非得要在周末第一天就这么累啊！

一位真正的船长!

当再次回到控制室的时候,我已经换上了一套整洁笔挺的制服,并且把身上的毛发全部梳理妥当。"银河之最号"此时已经到达了目的地,在我们眼前的就是极地星了!

我的妹妹菲正在调整太空船的航向以进入极地星的轨道。很快,我就注意到这颗行星的表面被冰雪完全覆盖了,看上去十分荒凉!

一位真正的船长!

很危险！**相当危险！**

看到眼前的冰雪场景，我不禁打了个寒战，正当我准备回房间换上我的羊毛制服时，喇叭里再次传来了警报声：

"**黄色警报！**
黄色警报！
黄色警报！"

我的天哪！又是黄色警报？

我看了看菲，心想是不是她碰到了警报按钮，不过她看上去也和我一样吃惊。

于是，我问小赖："是你按下警报的吗？"

他有些犹豫地摇了摇头。

"我的笨蛋小孙子，你在想什么呀？开胃

一位真正的船长！

汤吗？你没发现警报是从设备室传出来的吗？赶紧和 柴利 联系一下！"

我的脸一下子**红**得像是一颗天王星西红柿一样！我的宇宙奶酪！为什么爷爷每次都让我感觉自己像是一条**猎户座金枪鱼**一样傻？

不过，爷爷说得没错：设备室的控制指示灯正在不停地**闪烁**……

于是，我打电话到设备室。

电话那头，只听到 柴利 大声说道："船长先生，我们遇到了一些问题，不能再靠近极地星了！必须马上返回！"

我回答说："什么？什么？什么？回去？不

一位真正的船长！

可能，我们不能就这样把那几个科学家**留在这里！**赛尔教授就指望着我们了！"

但是朱荣用坚定的语气对我解释说："船长先生，如果我们继续靠近极地星的话，船上电池里使用的星际晶石就会分解。我们还不知道究竟是什么原因，感觉就好像是有什么未知的力量把它吸收走了。飞船马上就要出故障了！如果我们再不从这里离开的话，很快我们将会耗尽所有的星际能量，再也不能离开了！"

星际百科全书

星际晶石

大家都知道，宇宙飞船之所以能够在太空中飞速行驶，主要依靠星际晶石来提供强大的动力。这种物质在太空中非常罕见，因此非常珍贵。

一位真正的船长！

我的天哪！考虑到太空船的安全和所有船员的利益，我们必须**立即**离开这里！

可是，我已经答应赛尔·塔利斯教授会去救他的同事**彭塞先生**。

我从不食言，杰罗尼摩·斯蒂顿船长永远都是说到做到！

于是我对**本到**说："我有一个想法，你先准备一下**远距离瞬间传送装置**！"

然后，我对菲解释说："我和小赖，还有**费鲁**会一起去**极地星**……"

她打断我问道："那'银河之最号'呢？"

"你们朝着其他方向飞行，但是记得与极地星保持一定的安全距离，我们找到那些科学家后就通过传送装置**安全**返回这儿！"

一位真正的船长!

菲用崇拜的眼神看着我,然后伸出手爪拍了拍我的肩膀:"杰尼,你是一位真正的船长!"

而我的表弟小赖则显得十分担忧,他不停地在控制室里来回走动。

我对他说:"快,小赖,我们现在就去远距离瞬间传送装置那里吧……"

小赖回答说:"不,不,不!亲爱的表哥,真正的船长先生,我很相信你的决定,但是说实话,即便是举办星际滑雪奥运会,我也不想到那颗冰冻的星球上去!"

一位真正的船长!

我生气地说:"这可是关乎三位科学家的生命安危啊!他们为了毕生热爱的 科学事业,冒着被冻成冰棍的危险……"

不过,小赖似乎对此并不关心:

"还是算了吧,我不和你们一起去!"

我已经不知道该再说些什么了。

一旦小赖不想做什么事情,他就会像是一

星际百科全书

穆星系驴

穆星系驴是一种非常、非常、非常顽固的星际动物!它一旦不想移动,就会将双腿伸向前方,没有谁能够挪动它,哪怕是一毫米!

一位真正的船长!

头穆星系驴那么倔强!

不过,这次爷爷助了我**一臂之力**。

他直视着小赖的双眼说:"我以前船长的名义命令你——**赖皮·斯蒂顿**去探索那颗未知的行星!**立刻出发,不得反驳!**"

话音未落,小赖便像一头**咩咩星的小羊**一样**温顺地**朝传送室走去。没有鼠敢违抗爷爷的命令,哪怕是小赖也不行!

星际百科全书

咩咩星羊

咩咩星羊的身上长满了**天蓝色的厚羊毛**,有着**和善可爱的面孔**,这种动物的**脾气十分温顺**。不管是谁,只要和它打个招呼并且轻轻抚摸它,它就会跟着对方走。

迷失在超空间中

我们迅速来到传送室，踏上楼梯，等着茉莉把我们送到那颗冰天雪地的星球上去。

茉莉问我说："你们打算在极地星待多久呢，船长先生？"

小赖咕哝着说："当然是越短越好！要我说就十星际毫秒吧。"

我打断小赖对茉莉说："我也不知道这次搜救任务会进行多久，不过我们会通过腕式电话和你联系的。十二个星际小时之后，如果你还没有我们的消息的话，就立刻把我们送回来！"然后，我马上设置了一下腕式电话，开始倒计时。

迷失在超空间中

现在，我们已经准备就绪，即将出发。

在装置启动之前，茉莉解释说："船长先生，这次的远距离瞬间传送过程和以往有些不一样。由于星际晶石能量不足，你们可能需要消耗一些细胞来弥补这一不足……"

我立刻打断了她的话："茉莉，麻烦你能不能说得简单一些？"

茉莉吸了口气说："总之，应该……不会有什么问题……你们最多可能会丢掉几根胡须！"

什么？什么？什么？少几根胡须？！

我还没来得及喊出"让我下来"这句话，茉莉就已经按下了启动的按钮。

就在这一刻，我听到了自己的惨叫声：

"不要啊啊啊啊啊啊啊啊啊啊——！

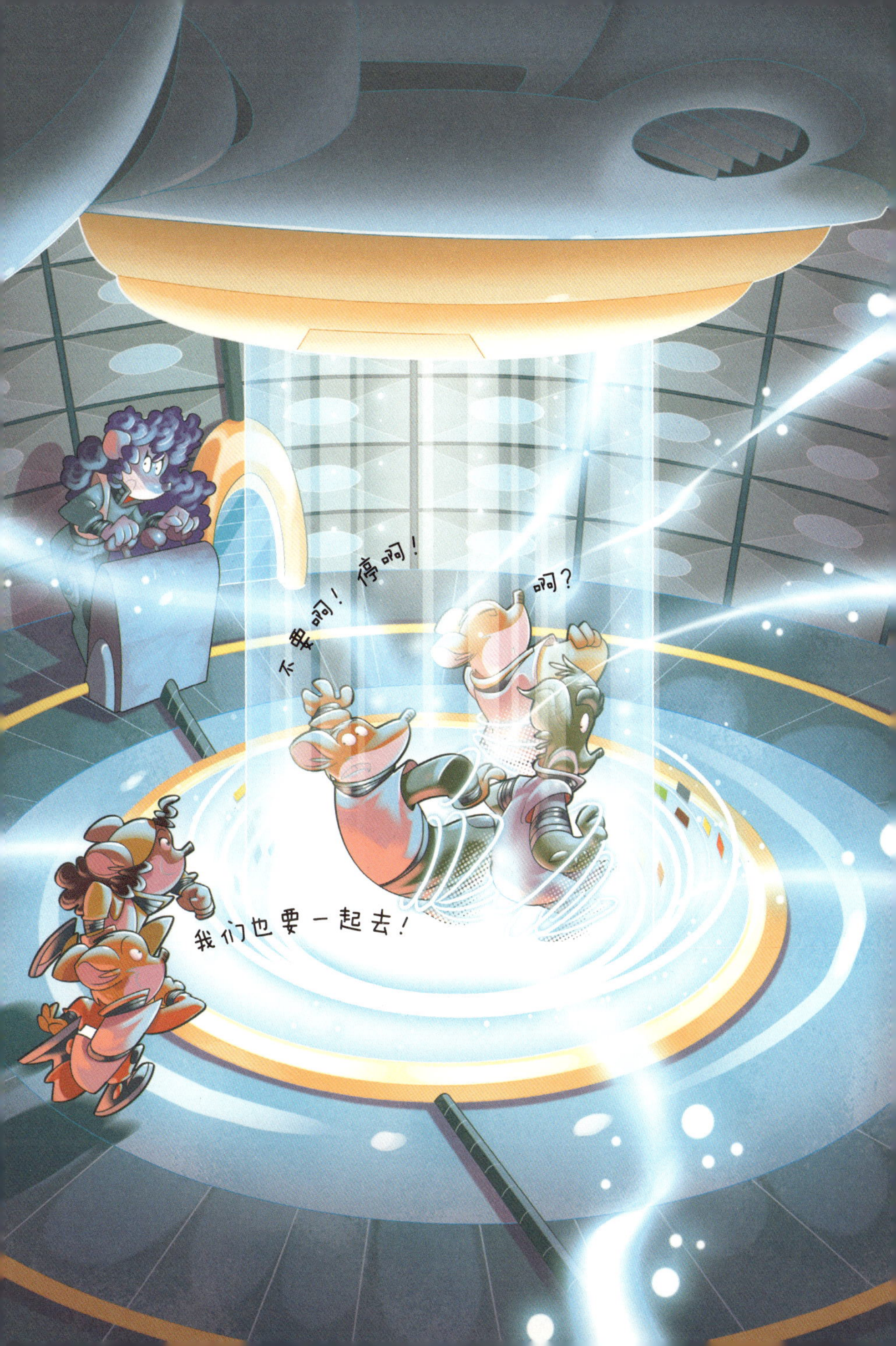

不要啊！停啊！
啊？
我们也要一起去！

迷失在超空间中

　　同时，我瞥见本杰明和潘朵拉不知道**从哪里**冒了出来，跳上了传送装置的平台。

　　他们也进入了传送区域！

　　我喊道："**停下！** 危险！"
但为时已晚。

　　茉莉喊道："超重了！这样下去你们会有在超空间里迷失的危险！"

　　我感到十分害怕："我们会在**超空间里**迷失？快停下！让我下来！**我在超空间里会头晕！**"

冰封的行星——极地星

当我感觉到我的脚爪再次踩到<u>坚硬的</u>物体上时，我才敢睁开双眼。我们应该已经通过细胞瞬间分解再重组的过程被传送到目的地了，可这是哪里？周围一片漆黑。

我警惕地问："费鲁教授？小赖？我们这是在哪里？你们有带光源吗？"

"有，船长先生！"费鲁回答。

话音刚落，教授打开了他那个一直随身携带、用星际晶石供电的应急手电筒。

"希望电池能够支撑足够长的时间，让我们

冰封的行星——极地星

能够探索一下这颗神秘的行星……"他自言自语地说。

手电筒的光线照亮了周围的环境，原来我们正身处彭墨教授的实验室里：这里到处放满了烧杯、试管、显微镜和细胞培养仪等实验器材！

在手电筒的光线下，我立刻仔细检查自己的全身是否全部到位，一边检查每个部位是不是都完好无损，一边核对着说："胡子？OK！手爪？OK！尾巴……嗯……尾巴？

救命啊！我的尾巴没了！！！

啊？！

尾巴巴巴巴巴！"

冰封的行星——极地星

我的天哪！我的尾巴在传送的时候丢失了！

幸运的是，惊惶失措中，我感到有谁在我的尾巴根部捏了一下，同时小赖对我说道："真不明白坦克鼠爷爷怎么会委任你为船长，而不是让我来接管整艘宇宙飞船！你真是个大笨蛋！你没看见你的尾巴被卡在了太空制服里吗？"

原来是虚惊一场……

真是太丢脸了！

我没有理睬小赖，而是叫本杰明："本杰明，你能帮个忙，把我的尾巴拉出来吗？"

没有任何回应。我警惕地环顾四周，寻找本杰明和潘朵拉的身影："孩子们，你们在哪里？"

这时，小赖和费鲁也帮忙一起呼叫他们，但是没有回应，这里连我的小侄子和他朋友的影

冰封的行星——极地星

子都没有!"也许,孩子们并没有踏上传送装置平台吧。费鲁教授,请你尝试着用掌上计算机搜索一下两个孩子的位置。"

但是,教授摇着头,晃得他脑袋上的树叶沙沙响:"船长先生,这里没有任何信号!我们没法联系'银河之最号',也没法呼叫孩子们!希望他们只是被传送到了另一个地方,而不是完全被分解了!"

本杰明?潘朵拉?

冰封的行星——极地星

这句话让我浑身起了鸡皮疙瘩："什么？什么？完全被分解？！"

我的宇宙奶酪啊！

这太难以置信了！拯救行动怎么会刚开始就如此多灾多难？

我的小侄子和他最好的朋友可能会在超空间里被分解了？

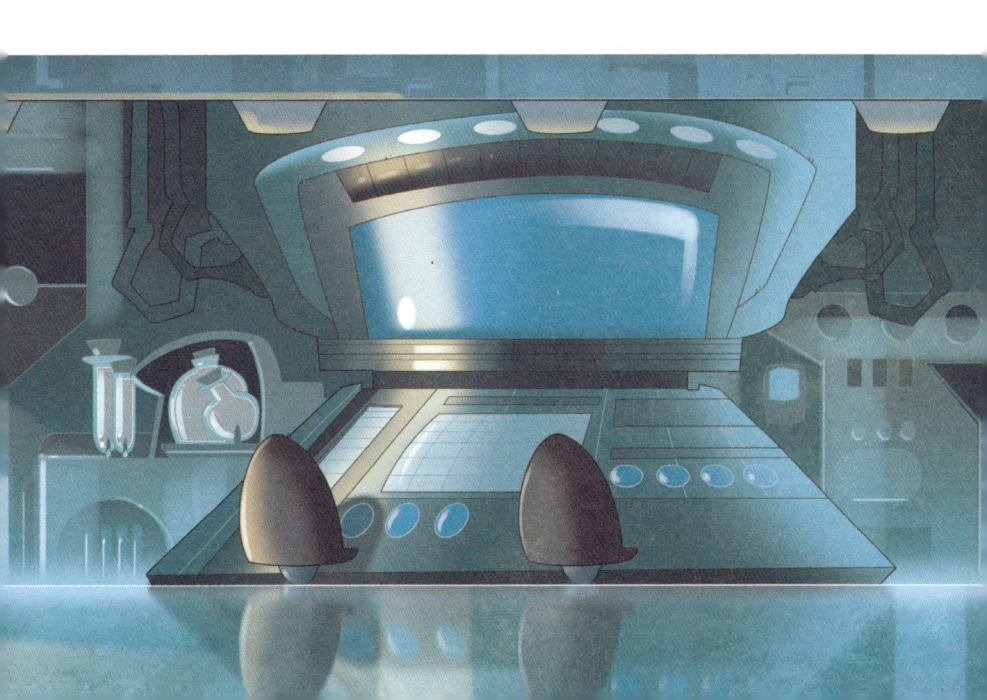

这里，不对，那里！

我坚信本杰明和潘朵拉一定也被传送过来了，就在这个实验室的某处。

我能够感觉到！

当然，要找到他们可能没有那么简单……因为我们都还没有**打开**这里的灯！

与此同时，我的表弟小赖还不忘**火上浇油**："我早就说过，我们应该待在宇宙飞船上，那里既温暖，又能够吃到美味的奶酪点心！表哥，我不明白为什么你一定要来极地星！"

也许，小赖说的也不完全是错的，毕竟时间

这里，不对，那里！

在一分一秒流逝，而我们还没有找到本杰明和潘朵拉出现过的蛛丝马迹。

而且，奥托·彭塞教授和他的助手们现在怎么样了？这个实验室看上去一个鼠都没有！

突然，我似乎看到我们的背后有什么东西动了一下，我急忙转头看去。

但是却没有任何生物！

于是，我问大家："你们看到了吗？有谁在监视我们！"

小赖摇了摇头回答说："我什么都没看到……"

这时，费鲁问我说："嗯，船长先生，我们要从哪里开始着手调查？"

我顿时被问得措手不及，哑口无言！即使我身为船长，有时也有不知道的事情啊。

这里，不对，那里！

我最讨厌这种备受瞩目的情况，所有鼠都指望着我能够给出他们所不知道的答案，真令我**受不了**。真不知道其他船长们**到底是怎么做到的？**

大家一直在安静地看着我，热切地等待我给出一个指示。

最后，我意识到我必须说些什么，只得结结巴巴地说："嗯……我们……**往那边走**……不对……**往这边走**……不对……**还是往那边走**……天哪，你们有谁能够把这里的灯打

往那边走……

往这边走……

开吗？这座实验室漆黑一片，伸手不见手爪，让我浑身毛发直竖！"

我们跌跌撞撞地前进，沿路不停地找照明系统。可是，我们已经把所有的开关按遍，但灯仍没有亮起来！似乎有谁把电源切断了！

于是，我们不得不继续使用手电筒来照明，眼睁睁地看着电池被快速地消耗！

费鲁感叹道："唉，要是我把我的星际发电机带来就好了！区区一个手电筒的发电问题根本难不倒我！"

我们不停地呼喊着："本杰明！潘朵拉！彭塞

往那边走……

这里，不对，那里！

博士！如果你们听到的话，请回答！"

可是，无论是孩子们还是科学家们在这里都**不见踪影**！真是奇怪！而且，无论我们走到哪里，我始终感觉有谁在监视着我们……我悄悄对小赖说了我的疑惑，而他立刻制止了我："你还是一如既往像一个胆小鬼！难道仅仅因为我们在一颗陌生的星球上、在一座废弃的实验室里寻找失踪的太空鼠，就让你变得如此草木皆兵？太夸张了！振作些，船长，告诉我们现在该往哪里走吧！"

于是，我不得不凭借着我自己的方向感（如果我还有方向感的话……）带领着大家向左走，向右走……往上走，往下走……走到这儿，走到那儿……

我们依次摸索到以下地方：

这里，不对，那里！

1. **垃圾房**：在这里，我一脚踩在一块火星香蕉皮上，摔了个四爪朝天（天知道是谁把它扔在那里的）。

2. **淋浴室**：这里被水浸透了，地上的积水弄湿了我们的制服，水深的地方甚至淹至我们的膝盖处（不知道谁忘了关掉水龙头）。

3. **维修库房**：这里储存了工具和零件。当我推门而入时，竟有一把锤子掉下来，差一点儿就砸中我的尾巴！真危险，还好我躲过了尾骨骨折的命运（不知道是谁把锤子留在门上的）。

4. **锅炉房**：这里的锅炉风口吹出的并不是暖风，而是刺骨的寒风（不知道是谁把空调的温度设定在零下40度！！！）。

此外，我们还搜索了寝室区、休闲区和通讯室，最后我们走进一间看来是更衣室的地方，这里存放着一些适用于探索**冰冻**星球的超级保

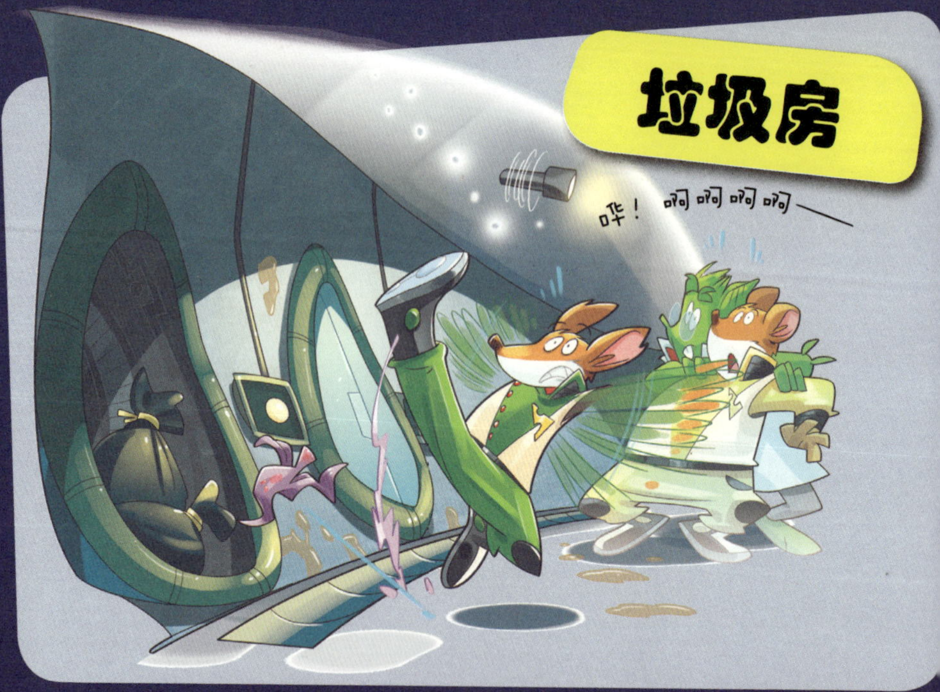
垃圾房
咔！ 啊啊啊啊——

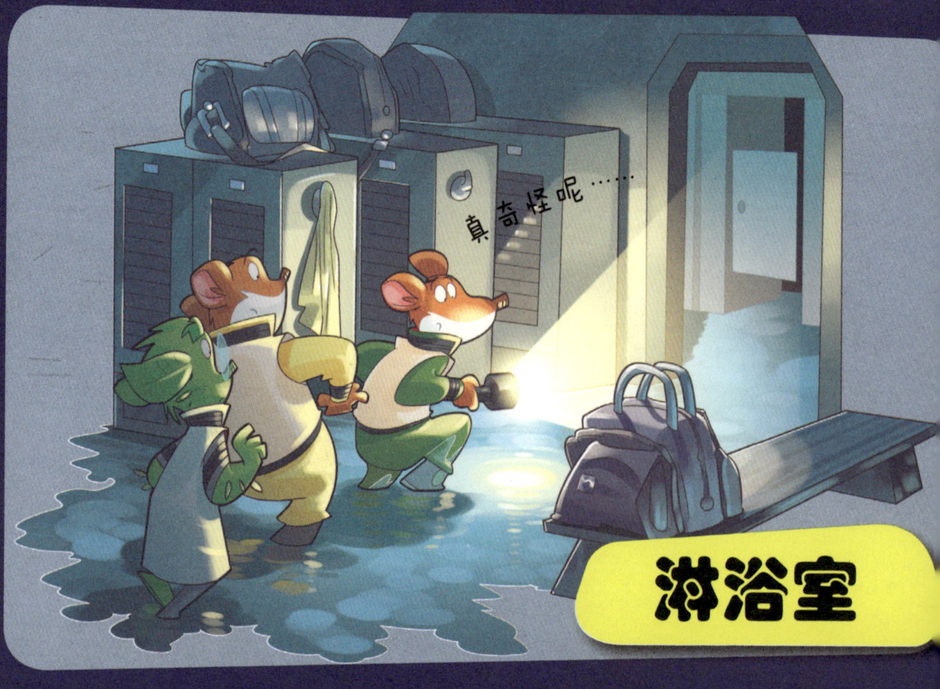
真奇怪呢……
淋浴室

维修库房

锅炉房

这里，不对，那里！

暖太空衣。其中，我们发现有三件崭新的衣服，看来应该是早前为**奥托·彭塞博士**和他的两个助手准备的。

我们马上穿上保暖太空衣，有了这个装备，大家就不必担心在外面被冻僵了。

现在，我们决定到外面去寻找本杰明和潘朵拉！

星际百科全书

最新时尚款

防反射面罩

发热手套

用月亮雪山人毛发所做的靴子

绒垫护尾套

保暖太空衣

它能够抵御极端寒冷的环境，是到寒冷行星探索时必备的服装！

彩虹洞

当我们正在穿从基地里找到的保暖太空衣时,我突然想到:"本杰明和潘朵拉会不会没有被传送到实验室里面,而是被传送到外面了?"

黄鲁教授回答说:"理论上来说,也是有可能的,船长先生!但是,以目前的状况来说……如果真是这样的话,那他们就会面临着被冻僵的危险了!"

我急忙说:"那我们快点出去找他们吧!我可不能让他们在外面被冻僵了!"

说完,我马上跑出了基地。

彩虹洞

我的宇宙奶酪啊!

外面风雪交加,寒风凛冽,**天寒地冻!**

但是,为了本杰明和潘朵拉,我是绝对不会认输的。我要不惜一切地守护他们,并且已经准备好牺牲我的一切了!

谁知道呢,说不定那几个科学家也是因为暴风雪而被困在什么地方……

在这个星球上,铺天盖地的厚冰雪,一直延伸到视野的最远处,一望无际。在离基地不远的地方,我发现了一个看似是岩洞的地方,于是我示意同伴们跟着我走。

我们顶着风雪和严寒来到了洞口。从外面看上去,这里就和一道岩石的裂缝差不多,但令鼠讶异的是里面竟藏着一个宽敞的山洞。

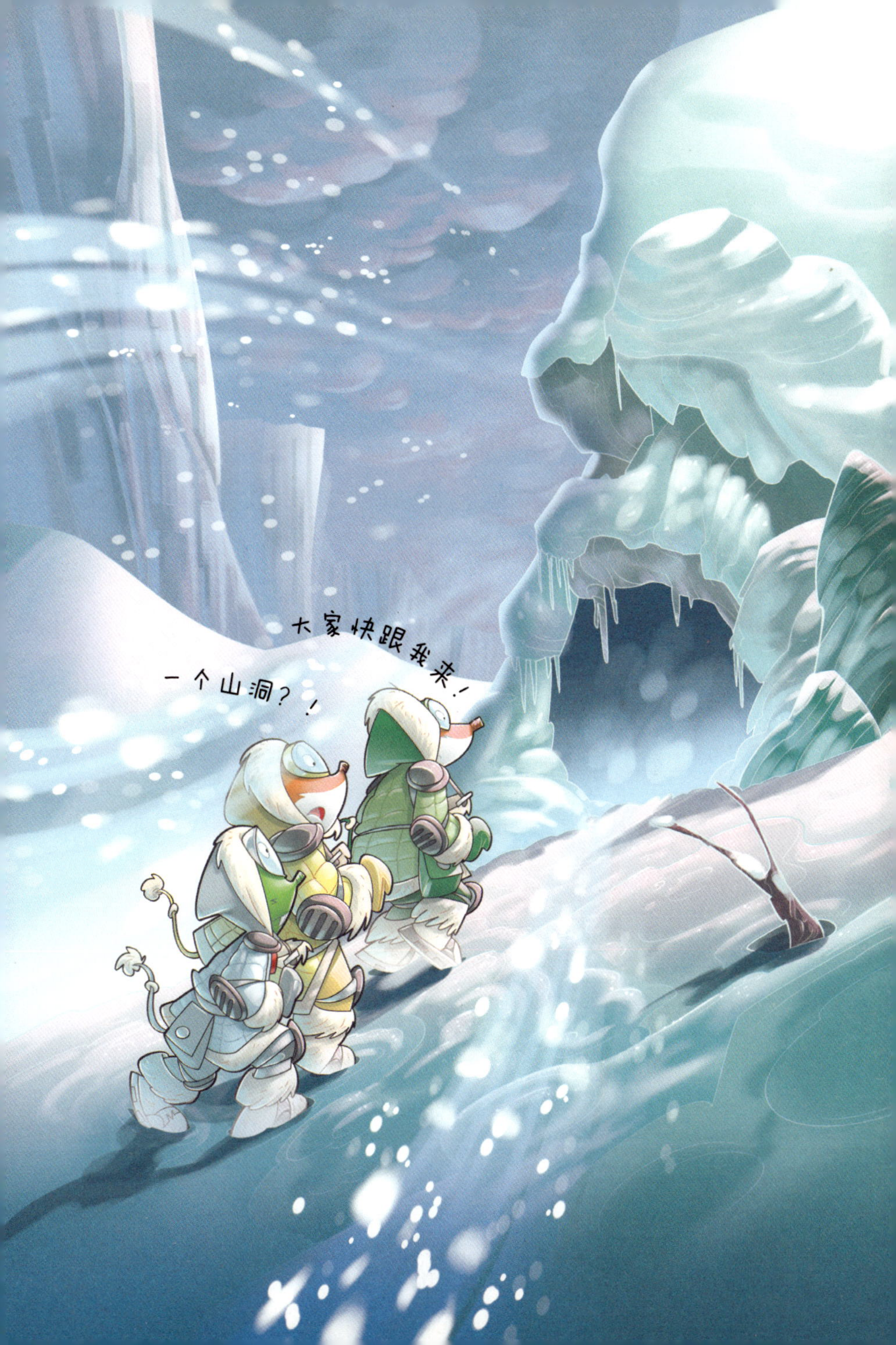
大家快跟我来！
一个山洞？！

彩虹洞

　　山洞里有一些<u>温泉井</u>，因此里面的环境异常温暖，仿佛置身于一个**温泉中心**！

　　在洞顶，凝结着一根根长长的冰柱，如同钟乳石一般倒挂下来，在地面长出的石笋上则堆积着一颗颗彩色的小球：红色的、黄色的、橙色的、蓝色的……

　　小赖伸出🐾🐾准备去摘一颗，费鲁警惕地制止了他："当心，可能会有危险！"

　　小赖耸了耸肩："危险？这些东西？这不过是一些 彩 色 的 小 球 罢了！"

　　在教授还没来得及反驳时，小赖就已经拿了几颗了。

　　而我的脑子里只是不停地想着本杰明和潘朵

你们看！

这里真暖和啊！

拉，他们究竟会去哪里呢？

我非常担心！

我无法接受他们被丢在超空间里迷失了的说法，更害怕他们被冻成了雪糕！

我抹了抹自己的眼泪，不禁叹气，指示说："我们回基地吧，看来孩子和科学家们都不在这里……"

淘气嘭嘭

我们回到基地后,便脱下了那些鼓鼓囊囊的保暖太空衣。

小赖见我情绪低落,安慰我说:"我们会找到他们的,我肯定!现在我们先去厨房弄些**热气腾腾**的食物吧!我肚子饿了。"

可是,厨房在哪里呢?我们刚才一路过来都没有观到!

这时,小赖猛地抽起鼻

子在周围嗅嗅闻闻：嗞嗞！嗞嗞！嗞嗞！

信不信由你！我这位嗜吃如命的表弟竟然靠着他的鼻子将我们带到了厨房！

我们刚进厨房就听到一阵闷叫声，似乎是从放盘碟的橱柜里传出来的："救命啊！我们在这里面！放我们出来！"

我一下子就听出了这声音，正是本杰明和他的好朋友潘朵拉！我们终于找到他们了！

我冲过去打开橱柜，紧紧地抱住了他俩，然后问道："你们怎么会被困在厨房里？不对，你们先告诉我，你们来这颗星球干什么？我好像并没有批准过你们参与这次行动！"

本杰明双眼看着地面，惭愧地说："对不起，啫喱叔叔！因为在'银河之最号'上从来

都不会下雪，潘朵拉和我都没有打过雪仗。所以，我们就想着趁这个机会溜过来，也许可以在极地星打雪仗！"

我叹了一口气，这个可爱的小侄子真让我难以生气下去。

潘朵拉紧接着说："但是，我们并不是被传送到橱柜里面的！有人把我们推进来，并且用钥匙锁住了柜子！"

我急忙问："什么？是谁？什么时

淘气嘭嘭

喂？为什么？"

我立刻紧张地看了看四周，同时小赖和费鲁也警觉起来。我的表弟还猛地比画了几下**宇宙空手道**的动作，试图吓住那些未知的袭击者！

我仔细查看了一下囚禁他们的那个橱柜，最后在把手的地方找到了一簇奇怪的彩色**绒毛**。

正当我打算让**费鲁教授**看看是否能发现些什么的时候，听到小赖突然开始**大笑**起来。

与此同时，费鲁也开始笑了起来！甚至连本杰明和潘朵拉也是！

这到底是怎么回事？为什么每个鼠都在**大笑**？

淘气嘭嘭

直到这时我才看见它们。

七个彩色的棉花球般的小东西从小赖的口袋里接连钻了出来：红色的、橙色的、黄色的、绿色的、天蓝色的、深蓝色的、紫色的……就和彩虹的颜色一样！

它们的绒毛又软又亮，同时，这些小东西们开始歌唱起来："嘭，嘭，嗨，嗨，嗨！嘭，嘭，呼，呼，呼！嘭，嘭，哈，哈，哈！"

它们一边唱着歌，一边不停地东跳西跳。橙色的

那个小家伙甚至跳到了费鲁的头上，并且在教授的两个耳朵之间荡起了秋千！

"**真可爱啊！**"本杰明和潘朵拉喊道。小赖也被这些小东西深深吸引了。

"费鲁教授……"我问道，"这些*外星生物*叫什么？"

费鲁一脸停不下来的样子："嗨，嗨，嗨！这个小家伙弄得我痒死了！真是可爱！"

然后，他突然又恢复了严肃，说道："回到你的问题，船长先生，我打算管它们叫**嘭嘭**，这是个很合适的名字，你觉得怎么样？你看那个黄色的小家伙正抓着你的尾巴**玩耍**呢！太有意

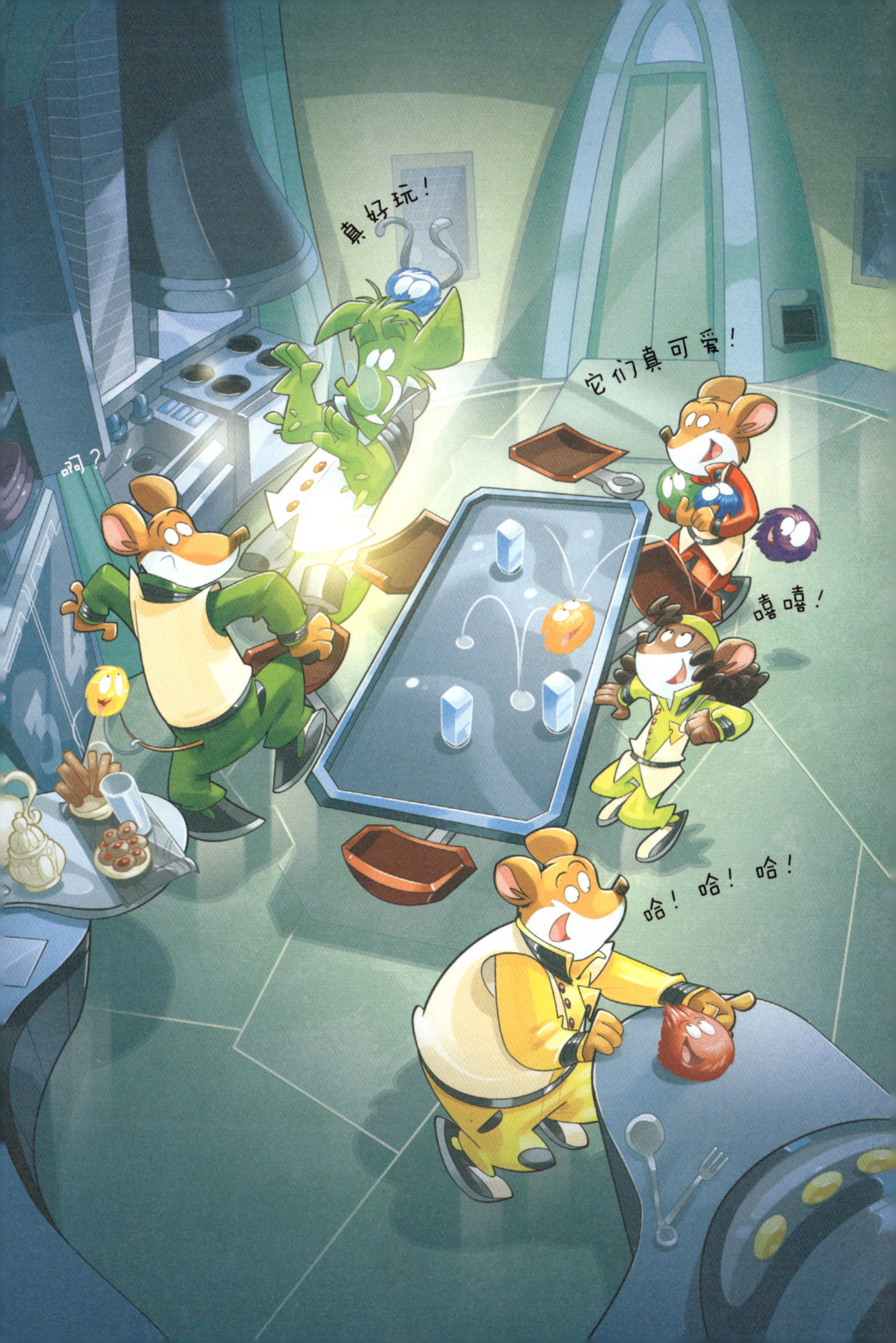
真好玩！
它们真可爱！
啊？！
嘻嘻！
哈！哈！哈！

思了！你不想把它抱在手爪上吗？"

虽然我**不是很明白**为什么大家都那么兴奋雀跃，但是既然大家都这么说，我也就向那个黄色嘭嘭伸出了手爪。

它渐渐靠近我。

说实话我不是很喜欢它**打量**我的方式！我脑海里忽然闪过一个念头，要是它突然咬我的手指怎么办？就在我还没来得及缩回手爪时，这个小家伙突然跳上了我的手臂，灵活地跑向我的耳朵。

它把我弄得很痒！

本杰明的肩上站着一个嘭嘭，手爪上还有一个，他建议我说："叔叔，把你的脸给它，它想要亲你呢！"

什么？什么？**亲**我？你确定？如果它**咬我**

的鼻子怎么办?

不过,既然是我小侄子的请求,我也就照做了。

黄色嘭嘭温顺地靠近我,但是……

"阿嚏!阿嚏!阿嚏!"

我开始不停地打喷嚏。

拜托，就让我们把它们带回家吧！

一个喷嚏！另一个喷嚏！又是一个喷嚏！

我根本就停不下来！

我在不停地打喷嚏，只能断断续续地问道："费鲁教授……阿嚏！您有没有……阿嚏！……什么能治感冒的药？"

费鲁却只顾陶醉地看着嘭嘭们，回答我说："我很抱歉，船长先生，我没有时间找呢，我正在忙着给嘭嘭们梳理毛发。"

我来帮你们擦干，不然就会着凉了。

拜托，就让我们把它们带回家吧！

于是，我只好问小赖、本杰明和潘朵拉，但他们全都在照顾那些小东西：小赖正在和嘭嘭们**玩耍**，本杰明在厨房的洗碗槽里给它们洗澡，而潘朵拉则在给它们擦干身体，免得它们着凉感冒……

我自言自语地说："你们就……阿嚏……没有谁……阿嚏……担心我的感冒了吗？"

说完，我又打了一个**大大的**喷嚏！

费鲁一边和小家伙玩耍，一边说："船长先生，按照你的症状来判断，我相信你对嘭嘭的毛发过敏！"

小赖很快跑到了我身边："要是你对它们过敏的话，是不是意味着我可以抱走你这个黄色的嘭嘭了？"

拜托，就让我们把它们带回家吧！

我回答说："阿嚏！你想怎样都可以，只要尽快把它抱走！阿嚏！"

小赖不等我多说一句就抱走了它。

他将这个**外星小家伙**捧在手爪上，亲了一下它的脑袋，不停地抚摸着它："杰尼叔叔是个坏蛋，我才是你的好朋友！"

这只嘭嘭也亲热地在他的脸颊上蹭来蹭去，并且偷偷转过头来对着我吐了吐舌头。

它是故意针对我这么做的！

我试图告诉我的同伴们要保持警惕，别太相信嘭嘭，但是他们之中没有谁听我的。

费鲁不断重复着："**它们真可爱呀！**"

小赖的眼神难掩兴奋，附和说："**它们太漂亮了！**"

让我来抱抱你！

拜托，就让我们把它们带回家吧！

本杰明向我请求说："叔叔，我们可以带着它们上飞船吗？"

"它们可以和我的洋娃娃睡在一个房间，反正我也有一阵子不和洋娃娃**玩**了！"潘朵拉也提出说。

正在我准备说不的时候，我听见了一阵**窸窸窣窣**的声音，就像是有谁推开生锈的房门一样。接着，是一阵低沉的脚步声，似乎有谁**正在靠近！**

我立即警告大家说："危险！有什么东西在外面通道上！快，我们快跑！"

但是，他们就像是被这些外星生物**催眠**了一样，不停地抚摸着这些小家伙们，而这些嘭嘭也像某些**猫科动物**一样不停地蹭着他们！

拜托，就让我们把它们带回家吧！

显然，与嘭嘭玩耍的时间越长，费鲁教授、小赖和孩子们越是陷入它们的**控制**之中！

我只好厉声呼喊道："放下那些嘭嘭！我们赶紧跑吧，快！"

但是，我的伙伴们并没有听从我，而是如同**梦呓**般回答我说："嘭嘭是我们的朋友，谁和嘭嘭作对就是我们的敌人……"

黄色的**嘭嘭**再次转过头来，冲着我做了个鬼脸。

然后，它又立刻转过身去，和其他嘭嘭一起**继续**蹭着小赖。

正在这时，房间的门打开了……

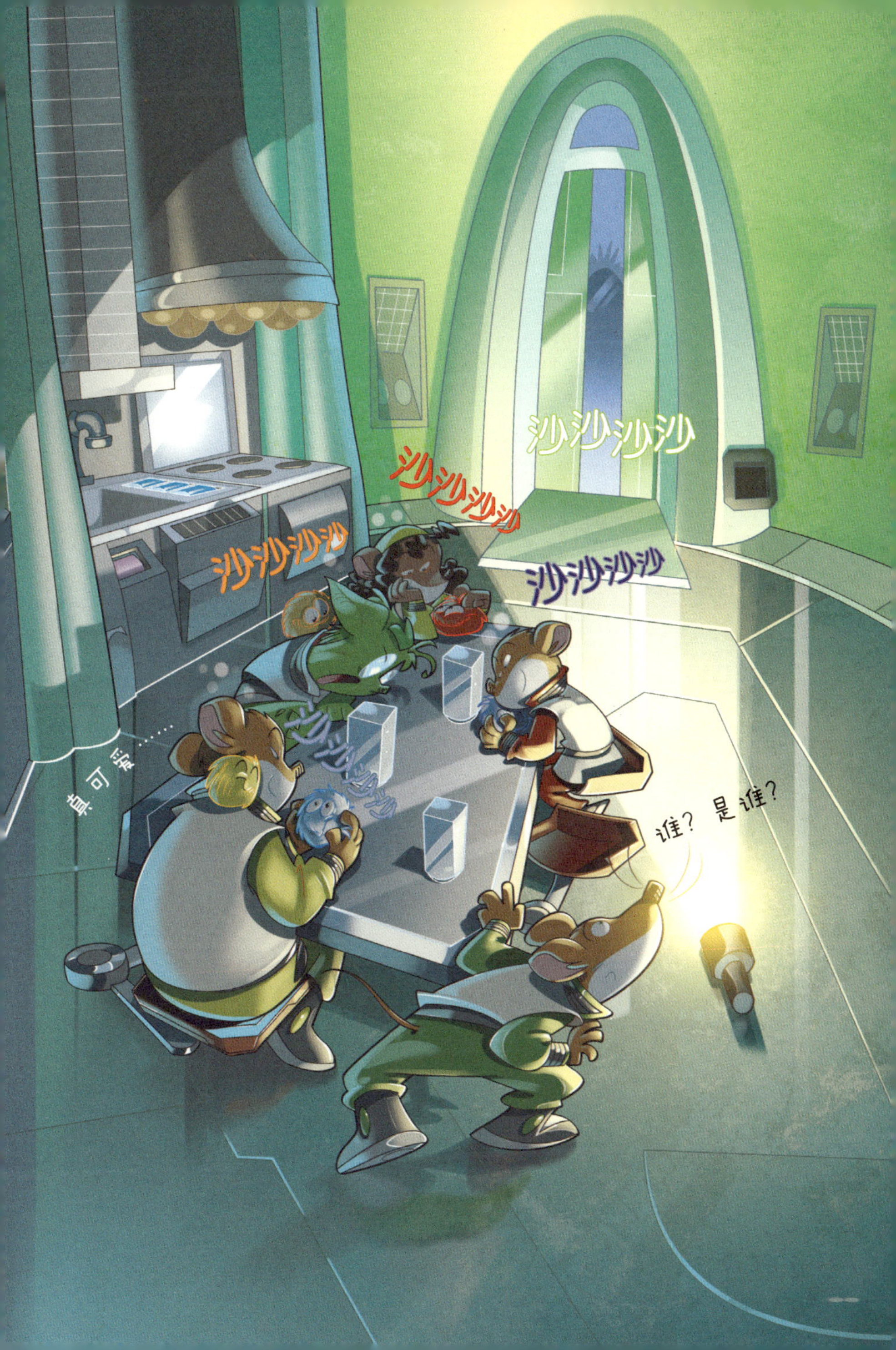
沙沙沙沙
沙沙沙沙
沙沙沙沙
沙沙沙沙
沙沙沙沙
真可惜……
谁？是谁？

天哪,我的宇宙奶酪啊!

通道上越来越接近的脚步声让我浑身不寒而栗!到底是谁呢?也许是一个天王星木乃伊?或者是一个冥王星僵尸?也有可能是一个月球狼人?

我心想:不管怎样……这下我们完蛋了!

但结果却是我完全没想到的,眼前打开门的是……彭塞博士和他的助手们!

我松了一口气,兴奋地跑向他们:"博士!我是斯蒂顿船长!是赛尔教授让我来找您的!"

天哪，我的宇宙奶酪啊！

我期待着一个拥抱或一次握手，至少是一个**微笑**……

但是……完全没有！

博士和其他鼠一样，看上去**形同梦游**！他**捡起**了地上的手电筒，然后问自己耳边的橙色**嘭嘭**："为什么这个穿着**绿色制服**的鼠没有像其他鼠一样被催眠？"

我的宇宙奶酪啊！他们居然在谈论我！

这时，在小赖身边的黄色嘭嘭回答说：

是谁？
为什么没有被催眠？

天哪，我的宇宙奶酪啊！

"嗨,嗨,嗨！哈,哈,哈！阿,阿,阿……阿嚏！阿嚏！阿嚏！"

博士似乎是听懂了它的意思，因为他立刻命令两个助手："抓住他！马上！"

两位助手立刻按照他的意思抓住了我的手臂和手爪。

我大喊道："彭塞博士，我是'银河之最号'的船长，是您的朋友，我来这里是为了带您回去！"

抓住了！

啊？！

直到这时我才注意到博士耳边的那个橙色嘭嘭正在对教授下着命令！

而且，他的两个助手也同样被嘭嘭催眠了！

天哪，我的宇宙奶酪啊！

我试图逃跑，但是**没用！**助手们紧紧地抓住了我，非常紧，非常非常紧！

助手们如同收到了指令一样一起**走向**大门，而我的同伴们早已被**外星生物**催眠，现在也顺从地像机器鼠一样跟在他们身后行动。

我料想他们会把我们扔出室外，利用严寒折磨我们。

但是，他们却将我们带到了小赖捡到彩色小球的那个**山洞**里。

在那里，我发现了一个**很大**的，确切点儿说是**巨大**的，再确切点儿说是**非常巨大**的秘密！

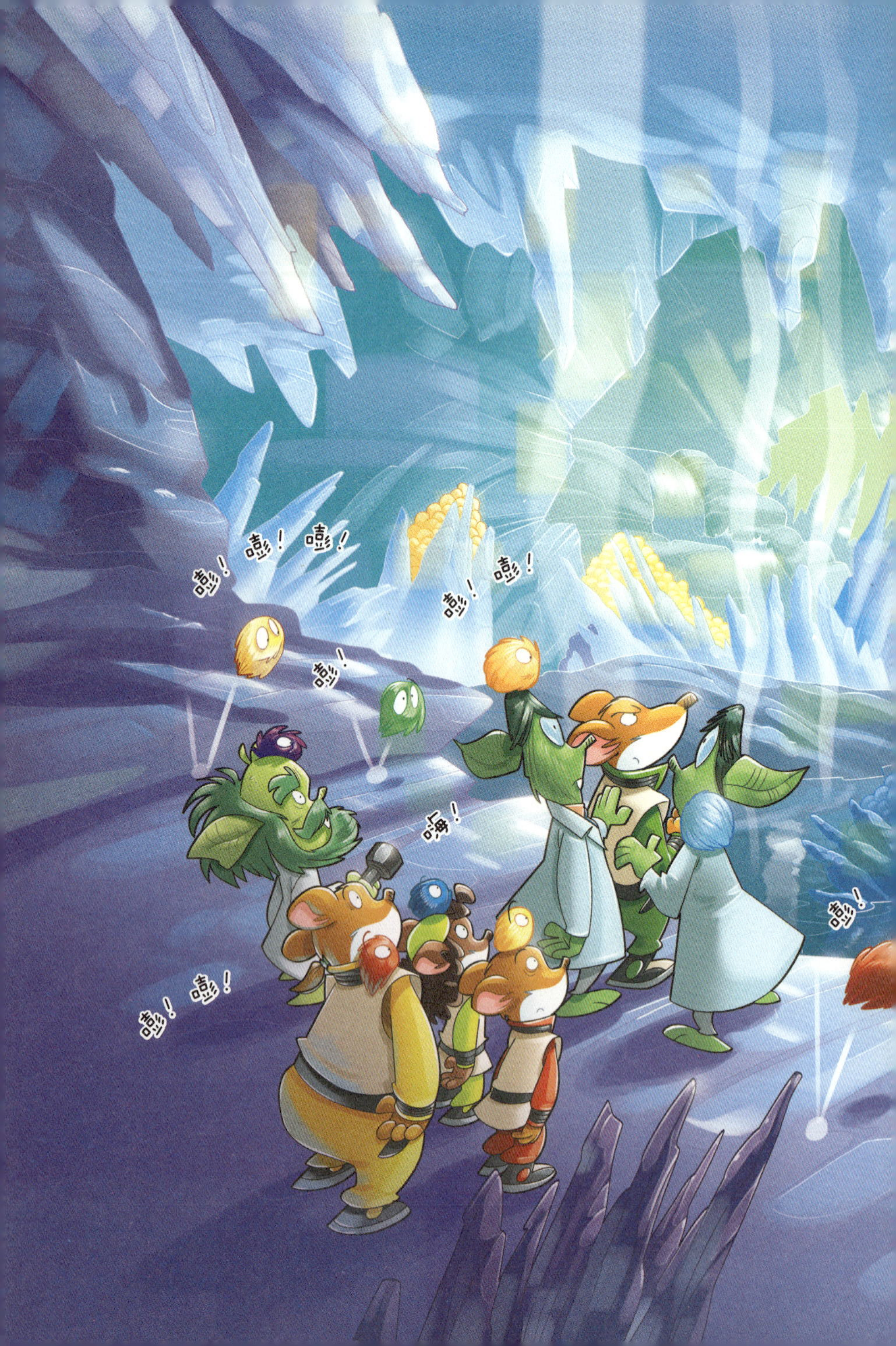
嘭！
嘭！
嘭！
嘭！
嘭！
嘭！
哼！
嘭！
嘭！
嘭！

做得好，我的小嘘嘘们！

女 王

在洞穴的中部,我们见到了……一个非常**巨大的嘭嘭**!

这个巨型嘭嘭就像之前所见过的嘭嘭一样,身上也是毛绒绒的。不过,它的毛色很独特,有着彩虹般的条纹!

我的外太空小行星啊!

它坐在一根石桩上,看上去真的很**大**,而且很吓人!

一走近它,我的鼻子里就感到一阵瘙痒,并且开始打喷嚏!"**阿嚏!阿嚏!阿嚏!**"

那个黄色的小嘭嘭对它低声说着什么。

女 王

彩色的巨大嘭嘭忽然瞪了我一眼!它的表情看起来非常……**生气!** 而且似乎它的脾气就是冲着我来的!

我张嘴准备说话,但是却只发出"阿嚏!"

而它也开始说话了:"嗨,嗨,嗨,嗨,嗨,哗,哈,哈,嗨,嗨,嗨,哈,呵,呵,嘤!"

彭塞博士转过身来,用梦呓一般的口吻对我翻译说:"嘭嘭女王**非常生气!**"

我的土星光环啊,这个大家伙居然还是个"女"的!

彭塞继续说道:"嘭嘭女王说我们几个研究人员在极地星上未经允许就擅自建造了基地!此外,那个身穿黄色制服的鼠刚才偷了她七枚珍

女 王

贵的蛋，每种颜色各一枚！"

我的天哪！ 他说的是我的表弟小赖和之前他在洞里找到的那些彩色小球！只不过，那些并不是球，而是嘭嘭女王的蛋！

原来这就是那些小嘭嘭会出现在我们身边的原因！这也是为什么我始终觉得我们被监视的原因：从我们到达极地星的时候起，嘭嘭女王就已经盯上了我们！

女 王

彭塞继续说:"所有嘭嘭的母亲说我们带到这颗星球上来的唯一的好东西就是星际晶石,它非常喜欢!这种晶石对它们也很有用!所以,如果我们不想被冻成雪糕,就得想法子给它们更多、更多、更多的晶石!"

我不知道该怎样回答它,虽然我很愿意将星际晶石分一些给它们……但是我身上一点儿都没有!

于是,我建议说:"如果你们能够放了我们,让我们回到宇宙飞船上去的话……阿嚏,我们可以把基地里所有剩下的星际晶石全部都留给你们……阿嚏!"

嘭嘭女王冷冷地回答说:"嗨,嗨,嗨,呵!"

女 王

那些小嘭嘭们也应声附和道:"嗨,嗨,嗨,呵!"

彭塞翻译说:"她说你别想骗人!她很清楚基地里的星际晶石已经耗尽了,因为那是被她用完的!"

我的天哪,原来这就是基地里的灯没有亮、其他设备也不能运作的原因!嘭嘭们已经吸走了所有星际晶石的能量!而且它们还那么贪心,要不是我及时命令宇宙飞船远离这里,

女　王

它们还会试图**吸取**"银河之最号"上的能量！

彭塞打开了费鲁教授的手电筒，将光照在洞穴的地上。

很快，这些**小外星生物**都聚集到光照射的地方，并且开始跳舞。

嘭嘭女王这次终于用我能听懂的语言对我说："**太空鼠们，你们现在是我的人质了！**你立刻打电话给宇宙飞船！如果你们想要安全回去的话，你的同伴们就必须支付一笔**赎金**：一万五千亿星际公斤的星际晶石！不然，你们将会被**冻成雪糕**！"

我打了一个冷颤：一万五千亿星际公斤可是一个非常**庞大**的数量！即使把"银河之最号"上所有的星际晶石掏空也没法支付嘭嘭们所要求

的赎金啊！

我们这次算是完蛋了！

而且，如果我让"银河之最号"现在回来的话，这些家伙一定会吸干备用的星际晶石能量，这样一来不但是我们，整艘飞船上的太空鼠们都要遭殃！

我看了看费鲁、小赖和孩子们，希望他们中有谁能够想出一个解决办法。遗憾的是，他们四个好像都已经被嘭嘭们的催眠声控制住了。

天晓得为什么我没有被控制？

我得想办法尽可能拖延时间，于是，我问道："你们要这么多星际晶石……阿嚏！到底有什么用……阿嚏？"

女王回答说:"原因很简单,因为我们的星球天寒地冻,我们想要取暖就不得不生活在漆黑的洞穴里,就像这儿一样!不过,现在我们发现了星际晶石,它们能够照亮洞穴,因此我们还需要更多的星际晶石,**我们喜欢光,它让我们感到高兴!**"

直到此时我才注意到,那些围绕在手电筒光束周围的嘭嘭们正高兴地唱着歌:"呵,呵,呵,嘿,嘿,嘿,哈,哈,哈!"而且它们集结起来时不但色彩缤纷,身上的绒毛也在有节奏地律动!

它们似乎感到很幸福!

倒计时……

也许你们会问后来这件事情是怎么解决的，不管怎么说，你们先不用担心：我们并没有被**冻成雪糕**！

当然，"银河之最号"上珍贵的**星际晶石**也没有被夺走！

到底是怎么回事呢？我这就告诉你们……

哔！哔哔！哔哔哔！

我腕式电话上的倒计时开始响了起来！

时间过得真快啊……还有几分钟就到十二个

倒计时……

小时了！茉莉马上就会把我们安全地**传送**回"银河之最号"上！

这可真是及时！

趁着嘭嘭们不注意之际，我悄悄地走到了本杰明身边，他的双眼如同我们飞船的舷窗一般空洞，**呆呆地**看着那些外星生物。潘朵拉、小赖和其他科学家也是如此。

我应该怎样做才能够救他们呢？

我可不能就这样把他们传送回去！何况他们在不清醒的状态下被传送会有危险！

我伸出手爪捏了一下本杰明的尾巴，但是什么也没有发生！我再试了一次，这次**更加用力**，仍然没什么效果！再试一次，**更加用力**，然后**更加更加用力**……但始终都是徒劳！

倒计时……

这时，我突然灵机一动。就像这样……哎呀！我拔下了自己的一根胡须！为什么呢？很简单，我要尝试用这去挠小侄子他们鼻子的痒痒！

一会儿工夫，本杰明开始打喷嚏！"阿嚏！阿嚏！阿嚏！"

随即他一下子清醒了！于是我对潘朵拉尝试了同样的做法，然后是小赖、费鲁、彭塞博士和他的助手们……

啊，这个方法果然凑效！

原来，**打喷嚏**能够使人清醒！

这时，我向伙伴们大喊："快跑！"

与此同时，嘭嘭们发现我们已经解开了催眠，开始渐渐向我们逼近！

倒计时……

我看了看腕式电话上的计时器："**倒数十**……**九**……**八**……"嘭嘭女王卷成一团向我们滚过来，如同一个巨大的羊毛球一样，企图将我们**卷进去**！

我向大家叫道："快，大家手拉着手！"

时间马上就要到了："**三，二，一**……"

眼看嘭嘭女王就要压到我们时……突然周围变得一片**漆黑**！

茉莉按照约定的时间把我们传送回了"**银河之最号**"。

我们得救了！

所有鼠异口同声地说："任务完成！太空鼠团队上下一心！"

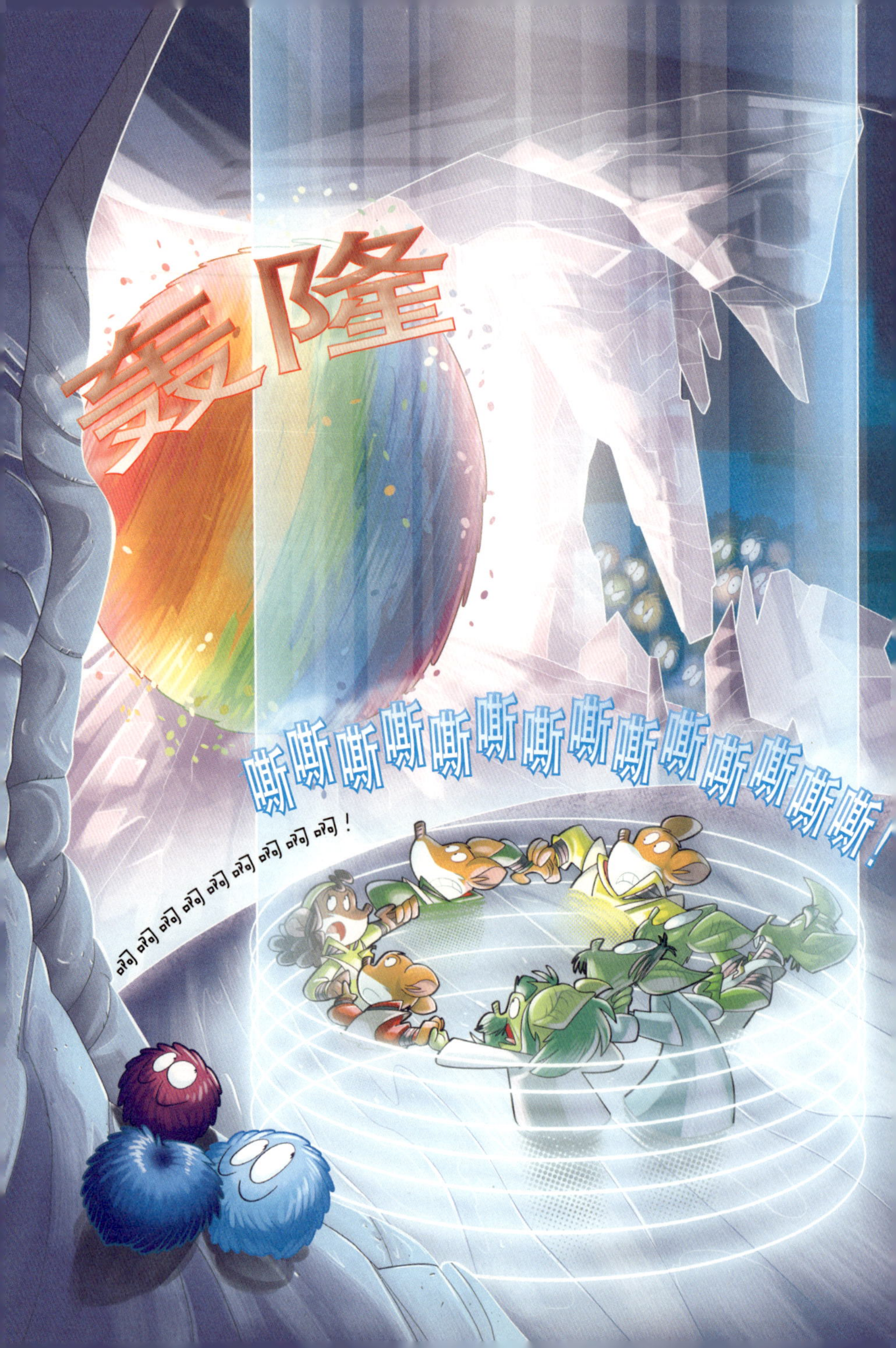
轰隆
嘶嘶嘶嘶嘶嘶嘶嘶嘶嘶嘶嘶嘶嘶！
啊啊啊啊啊啊啊啊啊！

来自彩虹星的问候

当我们**重新出现**在控制室的时候,整个"银河之最号"的船员们都把我们当作英雄一样来迎接!甚至连坦克鼠爷爷都来祝贺我!这让我觉得自己这才像一位真正的**船长!**

而小赖也不忘给我泼泼冷水:"别太得意了,表哥,这次你只是运气好罢了!要不是你碰巧对嘭嘭**过敏**,这次你可能害得我们大家都被冻成雪糕了!"

说到过敏,我……

"阿嚏!阿嚏!阿嚏!"

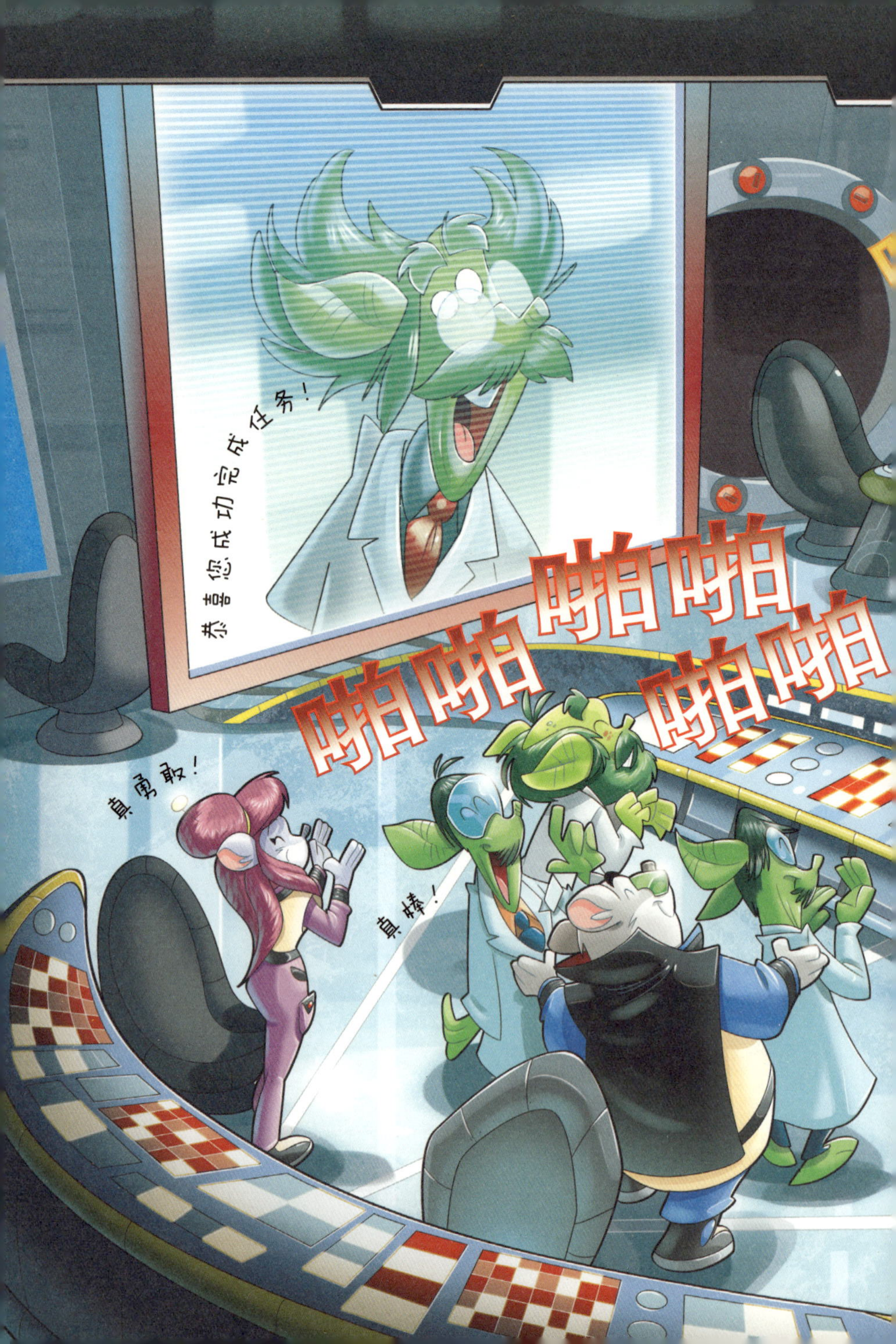

恭喜您成功完成任务！
啪啪啪啪
啪啪
真勇敢！
真棒！

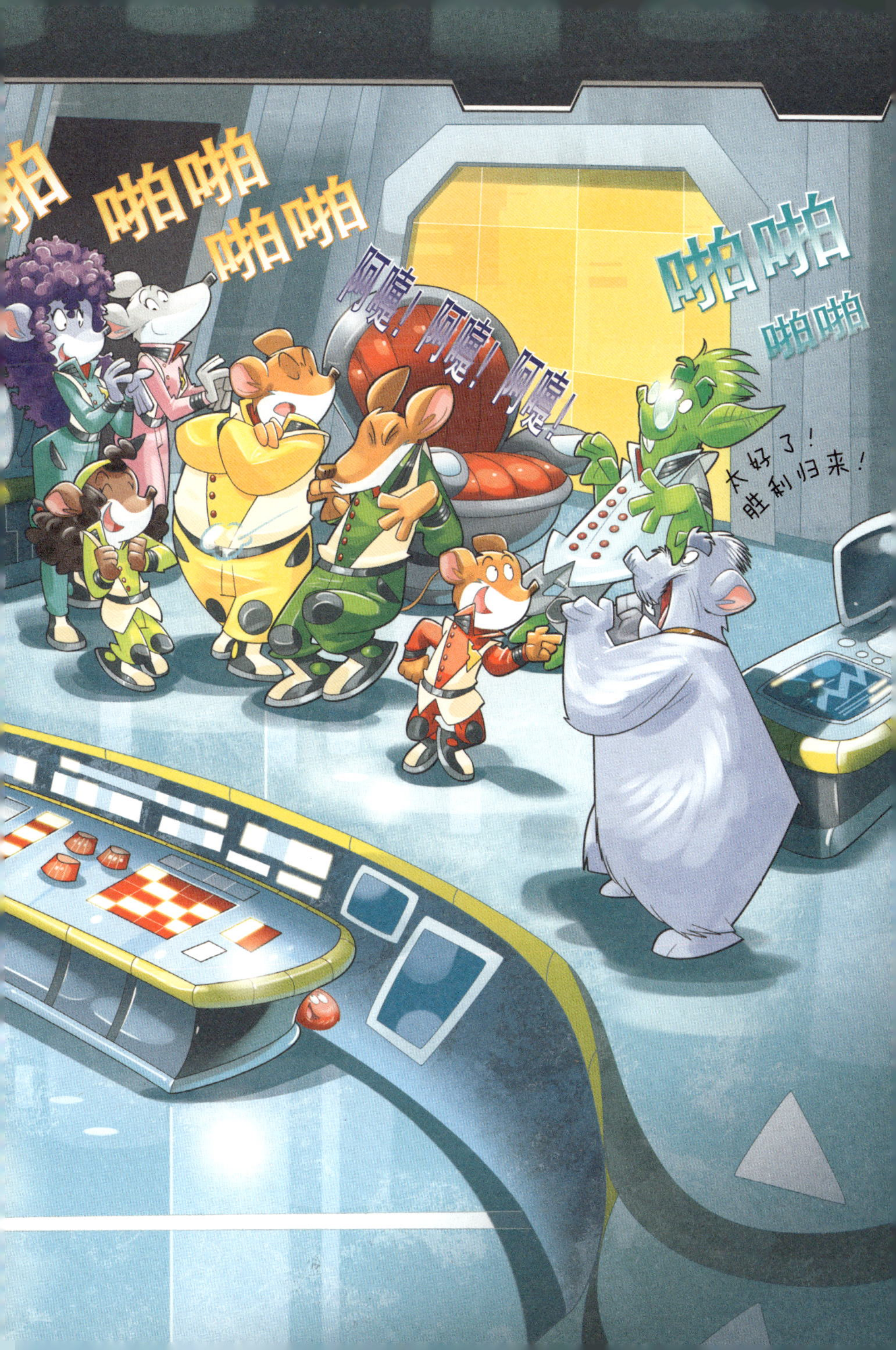

啪
啪啪
啪啪
阿嚏！阿嚏！阿嚏！阿嚏！
啪啪
啪啪
太好了！
胜利归来！

来自彩虹星的问候

我又开始打起了喷嚏!

我的太阳系小行星呀!难道有嘭嘭混到飞船上来了?

这样的话……整艘飞船都有危险了!

我们得赶紧启动黄色警报!

我喊道:"阿嚏!阿嚏!阿嚏!黄色……阿嚏!警报……阿嚏!外星生物入侵飞船!阿嚏!阿嚏!阿嚏!"

我看了看本杰明和潘朵拉,心想也许是他们身上藏着一个嘭嘭幼崽。

但是本杰明马上反驳说:"这和我们没有关系!虽然我们也很想养一只幼崽作宠物,但是这次我们已经受到教训了!"

潘朵拉也解释说:"是的!虽然嘭嘭又柔软又滑稽,但它们不是玩具!我们还是让它们

安静地生活在它们的星球上好了!"

说得真好呢,孩子们真聪明!我很想夸奖他们两句,但是,现在我只会:"阿嚏!阿嚏!阿嚏!"

小赖用手肘顶了我一下说:"表哥,先忍忍你的喷嚏吧,不然你又要引发外交事件了!你没发现你对彭塞博士助手的树叶也过敏吗?"

我的月亮光环啊,原来是这个原因!

我抬头寻找**费鲁教授**,希望他能帮我解决打喷嚏的问题,但是教授已经离开了!

我来到教授的**实验室**,但是他不在这里。

在找遍了整艘飞船后,最终我在通道里见到他正透过舷窗看着外面。

他陶醉地对我说:"船长先生,你看外面,多美丽的彩虹啊!"

来自彩虹星的问候

我望向窗外,看见一道**巨大的彩虹**穿过了极地星的大气层。

我低声说:"这是怎么回事?"

费鲁回答说:"我把我最新发明的**星际发电机**传送给了**嘭嘭**们!这样嘭嘭们就有亮光照亮它们居住的洞穴了!有了**亮光**,它们可以随时载歌载舞!"

我感动地说:"做得好,费鲁教授!"

然后,我接着问:"可是,这彩虹是怎么回事呢?"

费鲁耐心地解释说:"发电机所产生的光线透过**冰层**时折射了彩虹的七彩光。**大自然**真是奇妙呢,对吗,船长先生?"

来自彩虹星的问候

我们静静地看着极地星离我们渐渐远去,直到它变为了一个小点。

回到房间之后,我发现我的新书仍然躺在书桌上等待着我。

上面还是一片空白!

我心想:也许明天会更好!

于是,我在门把上挂了一个牌子:

请勿打扰。
船长先生
终于……
可以睡觉了!

宇宙探险笔记

部分外星生物的信息需要你来补充哦!

外星生物档案 Ⅰ

穆星系驴

特点:

力　　量: ☆☆☆☆☆
智　　慧: ☆☆☆☆☆
危险程度: ☆☆☆☆☆
稀有程度: ☆☆☆☆☆

大懒蜗牛

特点: 最喜欢睡觉

力　　量: ★☆☆☆☆
智　　慧: ★☆☆☆☆
危险程度: ★☆☆☆☆
稀有程度: ★★☆☆☆

咩咩星羊

特点: 身上长满了天蓝色的厚羊毛

力　　量: ★★☆☆☆
智　　慧: ★☆☆☆☆
危险程度: ★☆☆☆☆
稀有程度: ★★★☆☆

欢迎在下面空白处加上你的新发现！

巨齿食人鱼

特点：巨大而锋利的牙齿让鼠生畏

力　　量：★★★★☆
智　　慧：★★☆☆☆
危险程度：★★★★★
稀有程度：★★★☆☆

暴烈飞虫

特点：被它咬了会变得暴跳如雷

力　　量：★★☆☆☆
智　　慧：★★☆☆☆
危险程度：★★★★★
稀有程度：★★☆☆☆

特点：

力　　量：☆☆☆☆☆
智　　慧：☆☆☆☆☆
危险程度：☆☆☆☆☆
稀有程度：☆☆☆☆☆

特点：

力　　量：☆☆☆☆☆
智　　慧：☆☆☆☆☆
危险程度：☆☆☆☆☆
稀有程度：☆☆☆☆☆

太空鼠船员专属百科

1 极地星上的天气可真冷啊！太空里是不是到处都像极地星上那么冷呢？

太空中有些**地方很冷**，有些地方的温度却**高得可怕！** 不同地方的温度，从恒星附近的几千摄氏度到一些地方的绝对零度**（零下273.15摄氏度）** 都有可能。有趣的是，在太空中时，即使周围环境的温度非常低，但由于处于真空状态，热量的流失只能通过低效率的热辐射，而不能通过热对流和热传导。所以，当一个**身体干燥**的人身体暴露在太空中时，他并不会立刻觉得寒冷，相反却会觉得身体的热量**难以扩散。**

2 杰尼他们在极地星上探险时需要穿上保暖太空衣避免冻伤。我们人类宇航员穿的太空服是否具有同样的功能呢？

虽然我们人类的**太空服**上没有**月亮雪山人**毛发做的靴子，也没有绒垫护尾套，但它们采用了大量的高科技设计，具有**防辐射**、**保温**和**维持人体外表气压**等许多功能，能够帮助宇航员们在太空极端环境中生存和工作。比如太空服上的靴子，它们通常选用硅树脂材料，靴面由金属纤维制成，不但轻便，还能充分起到隔热的作用。

一起来发现书中的一些小秘密吧!

新船员,现在轮到你上场了!

1 小赖在参观费鲁教授的实验室时,随手把一根吃完的维嘉星香蕉的香蕉皮扔在了那里!现在,实验室里已经有数名研究员踩到这块香蕉皮滑倒!请速在第5章里找到这块香蕉皮!

2 还记得一种叫"黄须果蝇"的太空生物吗？坦克鼠爷爷曾经批评杰尼荒废时间去数它们有多少只脚！但话说回来，难道你不好奇这种生物到底有多少只脚吗？下面是我们掌握的一些线索：

a. 地球上的苍蝇有 6 只脚
b. 4 只黄须果蝇的脚比 2 只地球苍蝇的多 44 只

你能推断出黄须果蝇有多少只脚吗？翻到 26 页，看看你的推测对不对吧！

---

3 最新消息，有一只好奇心很强的极地星嘭嘭偷偷跟着杰尼船长他们溜到了"银河之最号"上！嘭嘭女王希望我们能尽快把它送回去，请你马上出发去把它找出来！相关情报显示，这只嘭嘭喜欢人多且欢乐的场所！

---

4 费鲁教授将他的星际发电机送给了嘭嘭们，却忘了告诉它们这台发电机关机后重启的密码！他现在正在前往叶绿星的路上，暂时无法联系上。在他的实验室里，我们发现了一条线索：

现有 2 只嘭嘭围绕一个周长 1200 米的山洞追逐，蓝色嘭嘭每星际分钟走 125 米，红色嘭嘭的速度是蓝色嘭嘭的 1.2 倍，现在蓝色嘭嘭在红色嘭嘭后面 400 米。那么红色嘭嘭追上蓝色嘭嘭还需多少星际分钟？

我们相信，这个问题的答案就是发电机的开机密码！请你推算出结果，告诉极地星上正变得无精打采的嘭嘭们吧！

我是斯蒂顿船长！
菲，快报告
在外太空的探察情况！

亲爱的新船员，
你们喜欢读星际太空鼠的冒险故事吗？
请大家期待我的下一本新书吧！